国家とは何か

吉本隆明セレクション

吉本隆明
先崎彰容＝編・解説

目次

II

はしがき

本書を編んだ目的は、実に明快である。『共同幻想論』を完読できるようになるための、最良のサポートを提供するという目的である。吉本隆明の著作群のなかでも、突出して著名で、しかも難解なのが『共同幻想論』であり、吉本思想に入門しようと最初に手に取り、早々に挫折した人も多いと思う。石の上にも三年の思いで完読しても、さて、一体なにを目指して書かれているのか、問題意識を共有しかねた読者もいることだろう。

その難しさは、ドストエフスキー『カラマーゾフの兄弟』やハイデッガー『存在と時間』に匹敵する。両書にはそれこそ夥しい数の入門書、解説書が存在するし、翻訳の仕方で読みやすさが評判になる。でも『共同幻想論』は日本語だから翻訳の工夫のしようがないし、不思議なほど入門書も書かれていない。

難解な名著を読みこなすには、それなりの事前準備が必要だ。書かれた当時の時代背景、誰を仮想敵に書かれたのか。こうした背景的知識が欠かせない。よって本書は、第一に吉本自身の講演や短編を収録した。口語の講演は抜群に読みやすいことに読者は驚くだろう。その上で、念には念を押すために、先崎による時代背景と思想的背景を描いた解説を付した。

そしてもう一つ、本書の目的は「批評」の神髄を、読者に味わってもらうことにある。「批評」は、独自の古典読解と、その結果の同時代性の再現にある。言いかえると、古典を論じているはずなのに、まるで現在の状況を語り、すっきりと理解できるようになることが、「批評」の魅力なのだ。だから本書の解説では、令和の今、先崎なりに『共同幻想論』を古典として読んだ。先崎流の「批評」を最後に味わってもらえたら、幸いである。

令和六年一〇月　　　　編　者

I

個体・家族・共同性としての人間

ただいま、過分なご紹介がありましたけれども、がんらいぼく自身は文学にたずさわってきた人間です。文学にたずさわってきた人間が、たとえば日常、そうでないひとから文学についてある程度までつっこんだ話しなんかされると、わずらわしいという感じをもつことがあります。それとおなじように、皆さんの学校は医学の学校なんですので、医学の問題についてある程度抵触するようなお話しをすると、皆さんのほうではゲップがでそうだというようなところがあるとおもいます。

しかし、わたしのしっている範囲では、皆さんの学校は、ほかの部門についてはよく存じませんが、精神医学における現象学的エコールの、いわばメッカみたいなところだというふうに了解しています。そういう現象学的な精神医学の流れというものは、現在、世界のひとつのおおきな流れを示しているわけです。そういうものにたいして、わたし自身の体系といいますか、かんがえ方というものを対置したいという欲求をおさえることができません。そこで、いささか僭越なことになりますけれども、わたし自身の体系というものを展開してみたいというふうにかんがえます。人間というものの存在は、個体であり、それから家族であり、そしてまた共同体の一員であるというふうに存在しております。そして、人間が個体として存在するということはどういうことを意味するか、というところから、まずお話ししたいとおもいます。

わたしどものかんがえでは、人間を人間たらしめている、あるいは個体を個体たらしめている基本的な問題は、人間というものは生理体としては自然の一部分でありますけれども、その生理体としては自然の一部分である人間の個体が、意識の世界あるいは観念の世界というものをもっているというところにあるとかんがえます。そうしますと、ここに、生理体的な個体あるいは自然体としての個体というものと、それがいかなる理由からかもっているところの観念あるいは意識の世界との両端に、その媒介として境界領域というものがあります。つまり、心身の境界領域があります。こういうものをどう理解するかということが、まず個体としての人間というものにとって基本的な問題となってくるとおもいます。

その場合に、わたしどもがどういうふうにかんがえるかといいますと、まず、人間を人間たらしめているものは、ひとつは自己抽象つけということだとおもいます。自己を自己として抽象できるということ、そういうことが基本的な問題であります。自己抽象つけというものは、ある一定の抽象つけの段階では、概念というものの実体を生みだすわけです。概念というものを生みだす基本的な要素は、ひとつは自己抽象つけ、つまり自己を自己で抽象つけることができることにあるわけで、そういうことが、人間の存在にとって基本的なひとつの問題であるということができます。

もうひとつの要素は、自己関係つけということです。つまり、自己にたいして、あるいは自己を自己がどういうふうに関係つけるか、その関係つけの意識をもっているということ、そういうことが人間の個体の存在にとって基本的な問題になってきます。つまり、自己抽象つけというものと自己関係つけというものが、人間の個体にとって基本的な問題だとおもいます。

まず、自己抽象つけということからお話しします。自己抽象つけというものはなにによって測られるかといいますと、了解性というものによって測られるわけです。了解性というものはなにによって測られるかというと、時間性によって測られるわけです。つまり、時間的構造をもつということなんです。そして、もうひとつ自己関係つけというものがありますけれども、自己関係つけはなにによってその度合（グラード）を測られるかというと、それは空間性によって測られるというふうにかんがえられるわけです。

ここでいう個体における時間性および空間性という概念は、もちろん人間の意識に対象としてやってくるすべてのものは根源的には空間および時間に分割されるほかはないという意味での時間性および空間性です。そして、人間の存在というものは、自己抽象つけと自己関係つけとによって基本的に規定されるとかんがえることができます。

そうしますと、その空間性としての自己関係つけというものはなにかといいますと、それはいわば自己を自己が対象とする、つまり、自己が自己を空間的対象とするという関係つけを意味します。それから、了解性の時間というものはさまざまな度合で存在しうるわけですけれども、概念なら概念というものは、一定の時間性の度合をもっております。そして、その了解の根本にあるのは時間性だということができます。たとえばある対象が個体としての人間に到達する仕方は、どういうふうになるかということを、まず、対象を感覚的な対象というものに限定してかんがえてみます。つまり、眼でみえるものとか耳できこえるものとか、そういう対象に限定してかんがえてみます。なぜ、そういうふうに限定するかといいますと、現象学で知覚という概念があって、その知覚というような概念をひじょうに根本的なものだというふうにかんがえるかんがえ方があるわけですけれども、わたしどもはすこしもそういうふうにかんがえていないので、問題を感覚的対象性というふうに、いま限定してかんがえてみます。

感覚的対象性が人間の意識に到達する仕方をよく分解してみますと、まず対象がたとえば視覚的対象であったならば、視覚的感官つまり眼に到達いたします。その到達の仕方は、一定の空間的距離をへだてているとか、どういう形態をもっているとか、どういう影と光で存在するとかいうふうな空間性として感覚にやってくるわけです。そして、感覚にやってきたものは、ひとつの了解作用として受けいれられるわけです。そのこと、つまり感覚的対象が人間の感官に到達し、そして了解作用に至るという過程を、要するに知覚というふうによんでおります。そうしますと、知覚作用は感覚的対象が感官にやってきて、そして了解される、つまり空間性の一定の度合として感覚器官にやってきて、そして一定の時間的度合として了解されるということを意味します。そういうことが、感覚的対象が、人間の意識あるいは観念にやってくるきかたであります。

ところが、対象性というものは、感覚的対象に限定されるわけでもありませんし、感覚的対象というものを本質的なものとみることは、まずできません。そこで、人間の存在にとって根本的なことはそういう問題ではなくて、さきほどいいました自己関係つけと自己抽象つけということ、そういうものの時間性と空間性とのいわば錯合した構造として、人間の個体の意識というものが存在しているということだと申すことができます。

そのかんがえ方は、人間が言語をもつという意味での言語概念というものに関係つけられますけれども、知覚作用というものがそのなかにおいて占める位置は、たんに感覚的対象にたいする自己関係つけおよび自己抽象つけということにすぎません。

だから、自己抽象つけそして自己関係つけというものが、人間の個体を対象にたいして成りたたせている基本的な要素であるといえます。なぜ、そういう自己関係つけおよび自己抽象つけの錯合した構造として人間の個体というものがかんがえられるかといいますと、最初の意識は自然体としての人間つまり身体としての人間があり、そして自己意識というものが、それを、現にここに自己があるという、その現にという時間性と、ここにという場所性として認知している、そういうことが人間の個体にとって本質的な問題だからです。だから、人間の個体というものを人間たらしめている基本的な要素というものを、自己関係つけおよび自己抽象つけ、あるいは自己関係つけの空間性および自己抽象つけの時間性というもののひとつの錯合というふうにかんがえていくわけです。

したがって、知覚的対象というのは、たんに感官に対象が到達するかいなかというような問題に限定された場合に、比較的問題になるわけで、けっして知覚作用自体が人間の存在にとってきわめて本質的なことであるということではありません。つまり、そこがすでに現象学的人間理解というものとわたしどものかんがえ方がまったく異なってくる最初の地点です。

ところで、こんなことを申しあげるのは釈迦に説法みたいなものでおかしいんですけれども、感覚のうちで視覚と聴覚はある特有な位置を占めております。その特有な位置はなにかといいますと、たとえば視覚的対象の受容の仕方、つまり眼による受けいれかたは、じつは空間性のある度合であるわけなんですけれども、この空間性の度合は、じつは即自的に、あるいは即座にでもいいですけれども、時間構造に移しうるということです。だから、了解の時間性というものとまったくべつなところで、つまり了解自体に到達しないで、擬似了解的な作用を営むことができるということ、それが視覚および聴覚の特徴であるといえます。そして、視覚と聴覚のうちで、聴覚のほうが高度なものとみなされます。つまり、高度な空間性の度合をもち、高度な時間性の度合をもつというふうにかんがえられます。たとえば幻聴というようなことが精神分裂病においてある重要性を占めるのはなぜかといいますと、聴覚がもっとも高度な感覚作用だとかんがえられるからです。その高度さという意味は、空間的受容が了解の時間性つまり自己抽象つけとべつに、擬似的に時間構造に転化しうる特性をもっているということです。そこで、聴覚の障害というようなことが、ひじょうに重要な問題になってくる。これにくらべれば、視覚障害というものが、たとえば分裂病者においてすくないのはなぜかというと、空間性の度合および時間性の度合として抽象度が聴覚より低いからなんです。そういうものが、一般的に知覚の本質なわけですけれども、知覚の本質というのは、かんがえてみれば、依然として自己関係つけの空間性およぴ自己抽象つけの時間性というものに還元することができます。それが個体としての人間を人間たらしめている基本的な要素だ、とかんがえることができます。

いままでは、個体としての人間というものをかんがえたわけですけれども、もし対象と個体とのあいだにいまのような概念をかんがえていった場合には、自己関係つけというものはなにに転化するかといいますと、規範というものに転化します。規範という言葉は、皆さんのほうでは熟さないでしょうけれども、もしも、個体の意識における構造というものではなくて、対象と個体の意識のあいだにおいて、自己関係つけというものをかんがえれば、それは心的規範というふうにかんがえることができます。つまり、規範というものは一般的になにかといいますと、対象にたいする関係つけの意識なんです。

そして、自己抽象つけというものを、個体の意識構造としてではなく、対象と個体とのあいだにおいて問題とするときには、それを心的概念というふうによびます。つまり、一般にわれわれが概念とかんがえているものを心的な現象としてかんがえれば、自己抽象つけが対象と個体とのあいだに想定されるとき、そうよぶことができます。

もし、事実あるいは事象というものについて、このかんがえ方を拡張していき、なにが対象と個体とのあいだに介在するかというと、それは言語というものです。言語というものを基本的に成りたたせているのは、規範および概念であります。この場合、規範というのは、たとえば外的にかんがえれば、文法のことです。また、各民族によって主語のつぎにはなにがこなくちゃいけないとか、名詞のつぎにはなにがこなくちゃいけないというようなひとつのきまりが存在するわけですけれども、そのきまりの最初の発生つまり最初の起源というのは、要するに自己抽象つけと自己関係つけというものからでてきております。そこでは規範というものは外化されて、いわば言語における文法構造みたいなものになりますし、それから概念というものは、言語における実体というふうな問題となってでてくるわけです。

一般的に人間存在にとって、人間を人間たらしめている、あるいは個体を個体たらしめている基本的な要素は、自己抽象つけと自己関係つけとの錯合した構造であるということができます。

つぎに、個体としての人間が他の個体、つまり他者と関係つけられるときに、どういう問題がおこるか、という問題にはいります。つまり、個体というものを、個体内部の問題、あるいは個体における存在の根本的な構造というような問題としてではなく、他者というものと関係つけるときに、どういう問題がおこるかということです。そのときにはじめて基本的にかつ根源的に性としての人間という概念があらわれます。

つまり、人間の個体が他者と関係する関係の根本というのはなにかといいますと、それはけっして個体と個体という概念が関係つけられるのではなくて、そのときにはかならず性としての人間というものが問題になってきます。つまり、男性または女性としての人間ということが、人間の個体が他者と関係するばあいの根源を支配している関係つけなんです。

ここにおいて、またふたたび現象学的な人間理解とわれわれの見解とがまったく異なるところがあらわれてきます。現象学的な人間理解によれば、たとえば個体と個体との関係は、依然として個体と個体との関係なんですけれども、しかしわれわれは個体が他の個体、つまり他者と関係する場合には、かならず性として関係するということを、根源的な関係の仕方だというふうにかんがえております。皆さんは、そうじゃない、おれと友達とのあいだはちっとも性としての関係じゃないじゃないか、というふうにいわれるかもしれないけれども、それはみかけ上のことにすぎないんです。つまり、その根源にあるのは、性としての人間ということであり、そういうところで他者との関係が最初にはじまるわけです。

性としての人間というものが他者と関係する最初の関係の仕方を、われわれは対《つい》幻想の領域というふうによんでいます。対幻想の領域というのは、一対のペアになった幻想性の領域ということです。それが、人間の個体が他者と関係する関係の仕方の根というものはなにかというと、対幻想の領域を意味しております。家族というのが問題になるわけですけれども、家族源を支配するものです。そこで、家族というのが問題になるわけですけれども、家族というものはなにかというと、対幻想の領域を意味しております。

それから、この、人間が他者と関係する関係の仕方はかならず性としての人間を根源とするというかんがえ方は、フロイトの重要視した領域であります。フロイトのかんがえ方は、一定の古典的な図式をもっていることと、精神的な現象における歴史的な累積みたいなものをかんがえているという点を除けば、対幻想の領域ではきわめて本質的であるということができます。フロイトのかんがえ方は、個体が他者と関係する、つまり性としての人間というふうにしか関係つけられない、そういう対幻想の領域においてのみ正当性をもつきわめて本質的な理論だということができます。あまりに図式的すぎるとか、あまりに人間の精神的な現象というものを、なにか幼時からの蓄積が頭のなかにあってなんとかしているみたいなふうにかんがえているというような意味で、古典性を感じさせるものですが、フロイトの思想の根本にあるそのかんがえ方というのはきわめて本質的なものであって、そういう意味でフロイトは巨匠であるということができるんです。つまり、フロイトの〈リビドー〉というかんがえ方は、あるときには生理的な概念ですし、あるときには心的な概念でありますし、ある場合には混同されていますけれども、人間が他者とかかわる最初のかかわりかたという領域ではきわめて正当性をもつというふうに、わたしどもは理解しております。だから、それ以外のところからなされるフロイト批判というものはいろいろありますけれども、わたしどもはそういうものを承認しないので、フロイトがそういう領域にかぎるならば、あるいはそういう範疇《はんちゅう》からでていかないならば、フロイトのかんがえ方はきわめて本質的なかんがえ方を含んでいるとおもっています。

そこで、家族ということがはじめて問題になってまいります。さきほどいいましたように、家族というものの本質をつかさどっているのは対幻想の領域であるわけです。わかりやすく例をとって、ここに、父親がおり母親がおるとかんがえますと、父親と母親とのあいだに想定される対幻想というものは、自然的なあるいは生理的な性関係というものを基盤にしております。つまり、自然的な性関係というものが、観念として自己疎外されたものが父と母とのあいだにある対幻想というふうにかんがえることができます。

この家族を単家族として、息子の世代の兄と弟のあいだにある対幻想を想定してみますと、自然的な性関係あるいは性行為というものをともなわないわけです。しかし、幻想性としての対幻想は存在するとかんがえることができます。フロイトの〈リビドー〉というかんがえ方を幻想性、観念性の領域で想定すれば、もちろん兄と弟のあいだにも存在するわけです。そうすると、その兄と弟とのあいだの対幻想の特徴は、前の世代である父親と母親の世代が死滅したとき、だいたいにおいてこわれるだろうという点です。

それから姉と妹のあいだにある対幻想というのはなにかといいますと、両者がたとえば他の男性とのあいだに対幻想の関係を結んだときに、だいたい消滅するであろうというふうにかんがえられます。それが、要するに姉と妹のあいだにある対幻想の特徴をなすわけです。

ところで、問題になる対幻想は、兄弟と姉妹のあいだにある対幻想なのです。兄弟と姉妹とのあいだにある対幻想は、もちろん病的なばあいを除いては、生理的な性行為というものをともないません。つまり、そういうものを基盤とするものではありません。そういう意味では、ゆるいというふうにいうことはできます。しかし、かえってゆるいがために永続するというふうにもかんがえることができます。だから、父親と母親の世代が死滅したあとでも、兄弟と姉妹とのあいだの対幻想は存続するであろうということができます。そういうものが、その特徴をなします。また、兄弟それぞれが妻をもち、姉妹が夫をもちというような場合でも、やはりこの関係はある程度永続するだろうといえます。

母親と男の子どもあるいは女の子ども、父親と女の子どもあるいは男の子どもの関係というようなものは、フロイトの重要視した関係ですから、皆さんのほうで説明するまでもなくご存知だとおもいますけれども、わたしどもの問題意識としてほんとうの意味で重要なのは、兄弟と姉妹とのあいだの対幻想というものなのです。なぜかと申しますと、人間のある歴史的な段階で、家族というものが共同体の幻想性、つまり共同幻想性というものに到達する段階があるわけですけれども、その場合に、いかなる対幻想が共同体としての幻想性へ転化しうるかというふうにかんがえますと、兄弟と姉妹とのあいだの対幻想だけが、それを可能にするからです。だから、ここが重要になるわけで、共同幻想性というものが最初に発生するためには、どうしても家族という関係を媒介にしていかなければならないということがあるわけです。つまり、どうしても家族という媒介なしには、共同幻想性つまり共同体の成立はありえないというようなことが、人間の歴史のなかに一般的に存在するわけです。

たとえば、皆さんご存知のエンゲルスのかんがえ方をとってきますと、エンゲルスは『家族、私有財産および国家の起源』におきまして、まず、原始的なある段階で、集団婚が一段階として部族あるいは部落のあいだに存在したとかんがえております。集団婚というのはなにかと申しますと、部落におけるすべての女性はすべての男性と性的な自然関係を結ぶことができるということです。それが一定の期間、たとえば特定の男女だけが住まおうと住まうまいと、そういうことには関係なしに、そういう一段階が存在したというふうにかんがえております。

そのような想定をしますと、家族というものがそのまんま部落大にあるいは共同体大に拡大できます。つまり、家族という関係あるいは対幻想の関係、つまり人間の個体が他者と関係する最初の関係の仕方というものが、そのまま部落大に拡大できるためには、部落の全男女にとって性的自然関係が可能だというふうにかんがえればよろしいはずです。いいかえれば、対幻想イコール共同幻想であるというふうにかんがえることができるわけです。そこで、エンゲルスは、原始集団婚をひとつの段階として想定することによって、いかにして家族の共同性あるいは性としての人間の共同性が部落大に、ひとつの共同体大に拡大しうるかという問題の解答をあたえようとしたと申すことができましょう。

しかしながら、このかんがえ方は、もちろん現在では実証的に否定されております。原始部族において、集団婚をとっているところもあればとらないところもあるという、それだけのことにすぎないわけです。つまり、一段階として設定することが、現在の学問的な水準ではまったく否定されております。

そうすると、エンゲルスのかんがえ方のどこかにまちがいがなければならない。そのまちがいというのはなにかと申しますと、エンゲルスは性としての人間、つまり男または女としての人間の関係を人間における最初の分業としてかんがえた点にあります。最初の階級発生の基盤は、性的行為によって人間自体を生みだす、そういう場面における最初の分業であり、最初の階級発生は、男女のあいだにおいて存在するんだというかんがえ方です。いいかえれば、経済社会的あるいは生産的範疇として、性というものをかんがえたわけです。

ところで、わたしどものかんがえ方はそうではないので、性としての、あるいは経済社会的範疇としての人間的諸関係というものは、かならず幻想性というものを疎外いたします。そうすると、エンゲルスの原始集団婚というものは一段階として想定されないということがすぐにわかります。つまり、性というのを自然的な性行為、したがって人間を生むことにおける男女の分業、すなわち人間における最初の階級発生というふうにかんがえるかぎりは、集団婚を想定しないかぎり、家族が共同体あるいは共同幻想に転化する根拠がどこにも求められません。したがって、エンゲルスはそういうことを想定したわけです。しかし、ほんとうはそうじゃないので、そういう男女のあいだの自然的な性行為というものは、幻想性としての性、つまり対幻想というものをかならず疎外するものだということができます。

そうしますと、個体と他者との関係の最初の起源である家族のうちで、なにが共同体にまで拡大しうる根拠をもつかといいますと、さきほど申しあげましたように、兄弟と姉妹との関係のほかありません。

たとえば、ひとつの母系的な制度を想定しますと、母親の家族系統の幹をなすのは、姉妹の系列、つまり女性の系統というものです。その幹にたいして、兄弟というのはまったくアウトされるわけです。兄弟がぜんぜん別箇の、たとえばちがう種族であるとか、ちがう部族であるとか、おなじ部族であってもちがう家族系統の女性と婚姻したとしても、要するに、この幹の家族系列にたいしてはまったくべつのものになります。ただ、まったくべつのものになりますけれども、そのあいだの対なる幻想というものは存続しますし、いわばおなじ母親からでたというような意味での、なんといいますか、祖先というか、母親の系統にたいする親近感というようなもの、あるいは宗教的崇拝とかいうようなものは、このあいだに存続するわけです。しかし、これは家族系列としては、まったく別箇にきりはなされてしまいます。

そうしますと、兄弟と姉妹との関係というものは、対幻想性を保ちながら、いわば空間的な遠隔化というものに耐えることができます。だから、それは共同体大に拡大することが可能であるとかんがえることができます。こういうふうに、兄弟と姉妹とが家族系列としては、つまり最初の人間と他者との関係の仕方としてはまったく別系列でありながら、しかし、そのあいだに対幻想の関係は存続し、そしてたとえばおなじ母親からでたというような意識が存在するかぎり、だいたいわれわれは、それを前氏族的な共同体というふうに想定することができます。要するに、空間的な拡大、あるいは地域的な拡大というものに耐えうるものは、まさに兄弟と姉妹との関係にほかならないわけです。こういうふうにかんがえていけば、けっして集団婚というようなものを想定する必要性はないわけです。そこで、兄弟、姉妹の関係というものが、前氏族的あるいは氏族的共同体というものに、はじめて転化しうるわけです。いいかえれば、このとき対なる幻想性というものが、共同幻想性の最初の形態というものに移行する契機というものがはじめてでてくるわけです。

これはさまざまな種族においてみられますが、たとえば、日本の種族でいえば、だいたい姉妹というものが原始的な信仰における神からの託宣（これは皆さんの病理学的な概念でいえば神がかりなんですが）をやりうる巫女というものである。つまり、巫女というものが部族的に組織されていれば、巫女組織の最高のところに存在するものが、いわば神権あるいは宗教的な権力をもち、そして神からのご託宣を受ける。それにたいして、おなじ母親における兄弟が、そのご託宣をもとにして現世的な共同体にたいして政治的な支配を行なうというような最初の形態が、わが国においては氏族的あるいは前氏族的な段階で存在したわけです。

そういうふうな存在の仕方の最初の基盤はどういうことかといいますと、家族がいかにして共同体にまで拡大しうるかという契機において、なにを根本的な問題としてかんがえるかというところに帰着いたします。そこのところで、われわれのエンゲルスにたいする批判が提起されるわけです。エンゲルスのかんがえ方では、原始集団婚あるいは兄弟、姉妹の性的自然行為を禁止するプナルア婚姻形態というようなものを想定しなければ、どうしたって家族形態というものが共同体の形態に移行することができません。

なぜかといいますと、さきほどいいましたように、エンゲルスが性というものを経済社会的範疇としてかんがえていた、つまり人間自体を生むことにおける男女の分業というところでかんがえていたからです。しかし、そういうような自然的範疇あるいは経済社会的範疇としての性というものは、かならず幻想性としての性、つまり対なる幻想というものを疎外するものである。いかなる場合でもそうなんですけれども、そういうものを疎外するということは、人間的な存在のいわば根本的な条件なわけです。そういうことを想定しますと、べつに原始集団婚というものを一段階として想定しなくても、なぜ家族集団が共同体の集団に転化しうるか、あるいは拡大しうるかという問題、またべつの言葉でいえば、人間の対なる幻想が共同幻想に転化しうるかという契機が容易に説明することができます。そういうところが問題になり、そして共同性というものが問題になってくるわけです。

こういうことはひじょうに枝葉の問題にすぎないのですけれども、エンゲルスは、集団婚というようなものが、動物とちがって永続的な形で、つまり一段階として存続しえたのは、人間が嫉妬からある程度解放されていることが必要であったというふうにいっています。特に男が嫉妬からある程度解放されて相互寛容性をもっていたということが、原始集団婚をある永続性をもつものとして存在せしめた第一要素であるというふうにいっております。しかし、このかんがえ方はまったく反対であるということが、すぐにわかります。

つまり、よりおおくの男性と性的関係を結んだことのある女性、あるいはよりおおくの女性と性的関係を結んだことのある男性は、そうでない女性あるいは男性よりも嫉妬感情はすくないであろうということはできますけれども、逆に嫉妬感情がすくないから集団婚が成立したということはいえないわけです。それはまったく逆なわけです。つまり、エンゲルスにおける性にたいする理解が経済的であるというのとちょうど裏かえしに、きわめて観念的なかんがえ方です。要するに、女遊びの好きな男は、うぶな男よりも嫉妬感情はすくないだろうというふうにはいえますけれども、その逆はいえないということです。だから、そんなものは第一要素にならないということがいえます。

それから、もうひとつまた枝葉のことですけれども、エンゲルスが母系というものをかんがえる場合に、集団婚というのを想定して、極端なばあいをいいますと、部落における女性は部落中のすべての男性と性的自然関係を結ぶことができる。そして、あるときその女性が妊娠して子どもを生んだとしますと、その子どもはこの女性にとってはじぶんが生んだ子どもであるということははっきりわかる。つまり、ほかのひとが生んだ子どもと区別できる。しかし、この子どもの父親がたれであるかはわからない。それゆえ、女系をもって家族の体系というものをかんがえる以外にないというような段階が生じる、といっています。しかし、これもまたよくかんがえれば、うそであろうということがわかります。

たとえひとりの女性が部落中のあらゆる男性と毎日のように関係していて、あるとき子どもを生んだとしても、子どもの父親がたれかということを、母親はわからないでしょうか？　皆さんは医学者だから、よくしっているでしょう。わかる、とぼくは確信します。そんなことはわかるわけです。それが母親にとってわかるならば、現在のような密集した人口をもっているわけではないですから、部落中の人間がそれをわかっているだろうということがすぐにわかります。だから、そんなものは、母系制社会というものを想定する根拠にはひとつもならないのです。母系制というものを成立させる根本要件というのは、もっとちがうひじょうに生活的な場面に存在します。

エンゲルスが性というものを経済社会的な範疇でかんがえたがゆえに、逆に観念的な嫉妬感情からの解放が集団婚を成りたたせた、というようなかんがえ方が生まれてきたということがいえます。それが、エンゲルスのもっている根本的な問題点だというふうにいうことができます。

そこでもうひとつ問題になりうることがあります。氏族制あるいは前氏族制の段階では、人間の集団は統一社会を形成することができないわけです。これは、いいかえれば血縁というもので規定される一種の共同体なんですけれども、この氏族的段階が部族制の段階へ到達するためには、モルガン―エンゲルスは、もちろん経済社会的な範疇でかんがえましたから、いわば連続的に発展するようにかんがえたわけです。つまり、氏族制の段階から部族制の段階へというふうに発展するとかんがえたわけです。ところが、そうはいかないわけです。

氏族的つまり血縁的共同体が部族的な統一社会における共同性、つまり最初の国家に転化するためには、氏族的共同幻想というものが、ある断続的飛躍というものをなんらかの契機でやらなければなりません。いいかえれば氏族的共同幻想にたいして部族的共同幻想がより強固であり、より抽象的でありというような段階の相違が存在するというふうにかんがえなければ、部族的な統一社会、つまり最初の国家というものは成立しなかったということがいえます。しかし、これは経済社会的な範疇でいえば、いわば一種の発展として理解することができるのです。しかし、経済社会的段階としての連続性が、共同幻想性としてかならず連続性をもつかというと、けっしてそうではないのです。氏族的あるいは血縁的集団が、部族制つまりなんら血縁を含まないけれどもひとつの共同体をなすというような社会に転化するためには、共同幻想性のある位相の相違あるいは位相の飛躍というものが存在しなければならないのです。その契機は、個々別々の理由がかんがえられますが、いずれにせよ本質的にたしかなことは、氏族的共同幻想にたいして部族的共同幻想、つまり最初の国家の共同幻想性というものは、次元を異にした段階への飛躍というものを必要としたということです。つまり、モルガン―エンゲルスが経済社会的範疇でかんがえたがために、たとえば氏族制から部族制へ発展したというふうに、ひじょうに無造作にいってのけるかんがえ方のなかに欠陥があるということは、経済的範疇というものはかならず幻想性というものを疎外するものであるというかんがえ方を導入することによってあきらかになってきます。

エンゲルスの国家論は、レーニンをはじめロシア・マルクス主義者たちのいわば原典になっているわけですけれども、そこにおける国家論のあらゆる欠陥、つまりあらゆるあいまいな位相からのあいまいな観念の導入というものがおこってくる基盤は、実に国家の共同幻想性というものと経済的諸範疇というものとをあいまいな位相で結びつけようとしたところからきています。それが一般的にいって、ロシア・マルクス主義における国家論の欠陥という問題になってあらわれています。いうまでもなく、日本におけるマルクス主義者は、ロシア・マルクス主義者のまたその亜流ですから、その国家論の欠陥につながっています。国家というものにたいする考察のひとつの欠陥になってくるわけです。

たとえば、現在でいえば日本の経済社会的構成は資本主義ですから、日本国あるいは日本国家権力というものは資本主義的であるということはたしかです。しかし、もしもこの国家の実体構造というものをかんがえようとするならば、この国家というものは、共同幻想性としてひじょうに原始的段階からの歴史的な、ある意味で必然的な累積をおって存在するというふうに考察しなければなりません。だから、日本資本主義国家の実体構造は、もちろんアメリカ資本主義国家の実体構造とはちがっているわけで、そんなことはとうぜんなことです。

それは、資本主義だからその上部構造は資本主義国家であるというような現存性というものから、国家を理解してはならないということを教えます。つまり、現存性と歴史性といいますか、それはさきほど申しました空間性と時間性でもいいですけれども、そういうもののひとつの構造として国家を理解しなければならないということがわかります。つまり、資本主義国家にはちがいないけれども、もしこの国家の実体構造がいかなるふうになっているかということを厳密にたしかめたい場合には、経済的諸範疇というものは一定の段階までしりぞけてかんがえることができます。それは、けっして国家の共同幻想性が経済社会的範疇の反映であるとか、相対的独立性であるとかいう問題ではありません。そういう意味では、おなじ資本主義国家であろうと、その実体構造はさまざまでありうるということ、つまり国家の共同幻想性というものはさまざまでありうるといえるだけです。

そうしますと、問題は全幻想性、全観念性の領域をどういう基軸でもってとらえていったならば、人間の生みだす全幻想性の範疇をとらえることができるかという問題に帰するわけです。それは、図式的にいってしまえば、個体の幻想に属する基軸と、対なる幻想性に属する基軸と、共同幻想性に属する基軸との総合構造および相互位相性の相違を明確にするならば、われわれが生みだしてきたし、また現に生みだし、現に存在する全幻想性の領域、あるいは全観念性の産物の領域の構造は解くことができるということです。つまり、基本的なことは、こういう基軸をかんがえることであり、その基軸は個体を延長すれば対なる幻想、つまり家族になり、家族をたくさん集めていくと国家になるというような簡単なものではありえません。これは、それぞれ位相性の相違として存在しております。

だから、現象学的な人間理解がわれわれの不満をひきおこすのは、そういうことについて無造作であるということなんです。つまり、無造作に個体の幻想性の問題を、他者対個人というような関係に還元するわけです。そこでは、どこへいっても、人間がいるだけです。そして問題なのは、人間と人間との関係だというようになるわけです。しかし、そうじゃないので、人間がいるというのは認めてもいい。しかし、人間がどういうふうにいるかということについては、現象学的な解釈を認めるわけにはいきません。人間と人間とがどう関係するかという場合には、さきほど申しましたように、最初に性の問題があらわれてくるほかないのです。つまり、男性または女性としての人間という範疇でのみ、人間は他者と最初に関係しうるということです。そして、その関係が国家という共同幻想性に到達するためには、対幻想性のうちのあるひじょうに特殊なものの媒介、さきほどからいう兄弟、姉妹の関係という媒介が必要であり、かつ、その媒介が即自的に国家の共同幻想性に移行するんではなくて、そこには、個々の条件によるある一種の幻想性としての飛躍、あるいは断絶というものが必要であるということです。そういうように位相性を異にして存在しているという問題意識が生まれてくるわけです。

そして、国家の共同幻想性はなにによって、経済社会的な範疇（つまり現在では市民社会）に対峙するかといいますと、法的言語というものを基本的な要素としてであります。

それにたいして、市民社会における個々の市民あるいは一定の集団把握として可能だという程度に抽象した場合にかんがえられる大衆は、国家の共同幻想性がさしだすその法的言語つまり法律にたいして沈黙を対峙させます。沈黙といっても、ただのだんまりではなくて、もっとくわしくいえば、沈黙の言語的意味性というものです。そういうもので、国家の法的言語にたいして対峙しているわけです。

だから、たとえば啓蒙家諸君というものと、思想家というものとはどこがちがうかといいますと、啓蒙家はあたうかぎり抽象的なマッスとしてかんがえられている抽象された大衆が、国家の共同幻想性の法的規範に黙って、つまり唯々《いい》諾々《だくだく》として服従している、だから啓蒙すればいいんだ、というふうに大衆を把握するわけです。しかし、われわれはそう把握しないので、大衆というものは沈黙の言語的意味性として存在し、それは国家の法的言語にいわば対峙しているというふうにかんがえます。だから、沈黙の意味性というものがさしだす一種の裂け目というものを了解できるかできないかということが、いわば啓蒙家というものと思想家というものとを本質的にわかつ分岐点です。だから、そういうふうにかんがえられた大衆の問題は、ひじょうに重要になってくるわけです。

たとえば、レーニンが党というような問題をかんがえたときには、沈黙の有意味性として存在している大衆のその沈黙の意味性を、思想的にくりこむことができる知識人集団というものを想定しました。しかし、集まってきたやつは多少啓蒙されたおしゃべりな大衆だったというようなことで、党自体が大衆にたいしてまたひっくりかえってしまったわけです。それが、官僚制ということです。

しかし、ほんとうはそうじゃないので、知識人の共同性というようなものは、大衆の沈黙の有意味性、つまり言語的意味というものがなにを指すかということを、よく自己思想のなかに、あるいはじぶんたちの共同思想のなかにくりこまねばならないので、そのことがほんとうの分岐点です。そういう問題が、現在問題となりうるゆえんが依然として存在します。それは現在、たとえば中国にあり、ソビエトにあり、ベトナムにあり、どこそこにありというふうに存在しております。

そういう問題意識から思想というもの、それから文化（文学、芸術）というもの、それから政治というものをかんがえていかなくてはならないという問題意識が、現在たとえばぼくらをとらえているわけです。

ご参考になったかどうかはわかりませんけれども、いままで申しあげてきたようなことをお伝えできれば、わたしの現在の問題意識がどこにあるかをおおざっぱにつくしたことになります。共同幻想性の構造というのはどういうふうになっているかという問題、それから、個人幻想の構造はどういうふうになっているかという問題については、わたし自身で個々に展開していますけれども、そういうことはべつだんここでお話しすることもないと存じます。ただ、ここでテーマにあります個体というもの、それから個体が他者にかかわりあう最初のかかわりかたの形態である性としての人間という範疇、つまり家族という範疇、それからそれがある飛躍で共同性を獲得したばあいの共同幻想性はいかなる位相にあるかというような問題、それが人間の存在にとってなにを意味するかというような問題について、おおよそのところをお話ししたわけです。

いちおう、これで終わらせていただきます。

(昭和四十二年十一月二日　東京医科歯科大学)

自立的思想の形成について

ただいま、ご紹介にあずかりました吉本です。最近、いろいろな意味で、いろいろな意味でといいますのは、進歩あるいは保守両極の側で、ひじょうに復古的な風潮というものがさかんになっているわけです。たとえば、このあいだの佐藤の南ベトナム訪問阻止というようなことでも、全学連のひとりの学生が殺されたわけです。この場合の、たとえばマスコミの報道の仕方というのをみてみますと、それは一種のなんといいますか、暴徒であるというふうに、つまり暴徒としてほうむるというようなやり方がマスコミ全般をしめているひとつの風潮なわけです。それから、ベ平連なんていうものの声明を読んでみますと、これはあきらかにいきすぎであるけれども、しかしながらこれにたいする報道機関の報道というものもまたひじょうにねじまげたものであるというふうな、つまり喧嘩両成敗というような声明文というふうに読みとることができます。それから、こういう風潮というものはまさに全学連そのものをも占めているわけです。そこではなにが論議の対象になっているかというと、その殺された学生というものは、味方に殺されたのか、それとも敵に殺されたのか、鑑定ではじぶんたちがひき殺したんだ、それにたいして、いやそうじゃないんだ、それはおまえたちのほうで殺したんだ。つまり論議がこういう問題に集中していくというような傾向性がみられる。しかしながら、ひとつの政治闘争というもの、それからそれは戦争というものも同じですけれども、そういうものはそんなに単純なものではないわけです。単純なものではないということは、要するに、闘争の過程というものは、そのなかで味方に殺されることもありますし、また流れ弾にあたって死ぬこともありますし、また敵に殺されることもあります。つまり、そういうようなものが闘争というものの実体だろうとおもいます。だから、味方に殺されたか敵に殺されたかというようなそういうことはぼくにいわせればきわめてつまらないことなわけで、だれに殺されようと、流れ弾にあたろうと、うしろから味方にされようと、それは要するに、敵に殺されたんだ、問題はそういうことである。だれに殺されたかを実証的にきわめようじゃないか、それできわめた場合に黒白がはっきりする。そういうふうな問題が論議され、指摘されているというふうな風潮が一般的にみられるわけです。しかし、政治闘争なんてものはそんなもんじゃないわけです。味方に殺されたって、敵に殺されたって、殺され方というものも、また倒れ方というものも、さまざまな態様があるということ、つまりなんていいますか、味方からあやまってうたれることもあるし、故意にうたれることもある。そういうようなことの渦まくなかに、やっぱりひとつの政治闘争なら闘争というものの本質があるとおもうんです。そういうところでは、実証的にひき殺されたのかいなかというようなところに論議がすべりこんでいくこと自体が、きわめてナンセンスなことであるというふうにおもわれるわけです。一般的にいって、そういうふうなものが復古的な風潮というものの主流を占めている、つまり本質を占めているというふうにおもいます。

ことわっておきますけれども、わたくしはベトナム反戦運動というもののなかに、こんにちのわれわれの情況の本質があるというふうにすこしもかんがえておりません。われわれの情況というものは、われわれの国家権力のもとにおける、平和であるのか平穏であるのか、それとも緩慢なる死であるのか、そういうことがわからないという、そしてそれにたいしてどういうふうに対処していいかわからない、しかし日常生活はあいもかわらず続いている、そういうなかにこそ、われわれの現在の情況があるというふうにかんがえています。現在の情況があるということは、要するに現在の世界の情況はそこにあるんだとぼくはかんがえています。つまり、われわれの日常生活のなかの裂け目をみつける眼を求めなければならない。さがさなければならない。われわれは平和であって、そしてベトナムでは戦争がある。そういうふうな認識というものは、きわめて現象的なものにすぎないわけです。われわれの緩慢なる、あるいは平穏なる日常生活そのもののなかにも、死があり、戦死があり、味方に殺されることがあり、そしてまた、うなり声もあげずに死んでいく、つまり年老い疲れ死んでいくというような、そういうような情況というものもまたある。つまり、一見客観的にみますと、無事平穏にみえるそういう生活のなか自体にも、きわめて鋭い亀裂というものがある。その亀裂をながめもつというような眼というものを養うことが、つまり、そういう眼をもつということそのことのなかに情況の問題を発見する本質的な鍵がふくまれているとおもいます。

たとえば、夏目漱石という文学者がいるわけですけれども、この人の晩年の「思ひ出す事など」という作品のなかにこういうことが書いてあります。つまり、じぶんが回向院で、相撲さんが相撲をとるのをみていた。お相撲が四つに組んだままますこしも動かない。はたからみているとまったく静止しているようにみえる。しかし実は静止しているのではなくて、お相撲が全精力というものをその一瞬に傾注しているということはすぐにわかる。それは、次第にすこしたつと、腹が波うち汗が流れでるというようなそういうようなことですぐに了解できる。しかし、これをはたからながめると、ただ静止しているようにみえる。しかしながら勝負というものは、いわば一瞬のうちに決まる。一分もたたないうちに決せられる。いずれかがやぶれるということで、相撲の勝負は決まる。しかし、人間というものはそうじゃないんじゃないか。人間というものは、そういうしくみでは、一分間ではなくて、生涯にわたって力技というものをやっていかざるをえないんじゃないか。つまり、人間の日常生活というものを、自立自営の観点からみるならば、自然というものは冷酷であるけれども公正な敵である。それから社会というものは、一見人情ありげであり情緒ありげであるけれども、しかしそれはきわめて不公正な敵である。そしてまた、じぶんの身近な妻子もまた敵である。そしてまた、じぶん自身もある場合には敵である。人間というものは、そういう力技を一生涯にわたって続けながらやがて疲れきって死んでしまうというふうな、そういうものが人間じゃないのか。人間というものは、そういう意味でひじょうに悲惨なものじゃないのか、というふうな感想を漱石がもらしています。ここで漱石がもらしている言葉というものは、日常生活に埋没しているようにみえる大衆というものが、まさに現実的におこなってい、そして老いて、それで死んでしまうというような過程というものを象徴しているわけです。この過程というものは、まさに平凡きわまるものですけれども、それは鋭い亀裂をふくんでいて、その亀裂をいったん発見するまなざしをもつならば、すべては敵であるというふうな、そういう力技というものを生涯にわたって続けていくというのが、ごくいわば平凡な大衆というものの生き方、そして死に方というものではないのか。それはやはりひじょうに、ある意味で悲惨きわまるものであるというふうな、そういう感想なわけです。

そういう一見無事平穏でなんら変化もない、まさに平和であるというようなそういうような生活のなかに、しかし実は、ひじょうに鋭い亀裂があり、危機があり、そしてそれを発見するまなざしといいますか、視点といいますか、そういうものを必要とする課題は、あきらかに現在でも存在するわけです。そしてまさにそういうことが現在おそらく大衆にとってもっとも必要なといいますか、もっとも問題となりうる、いわば思想性というようなものということができます。

これにたいして、知識人はどういう問題に直面しているのであろうか、そういうことをかんがえてみますと、もちろん皆さんもまた知識人であるということを前提にして申しあげるわけですけれども、知識人もまた、知識というものは普遍的なものである、そして知識というものは普遍的にどこへでも、つまり世界共通性として通用するものであるというような、いわば一見すると、平和であり楽天的であるというあるひとつの見解があるわけです。そういう見解というものにまた、ひとつの亀裂をみつけだすということ、つまりそういう見解にはひとつの亀裂があるということ、その亀裂をいったん知識人が発見していきますと、やはり知識人の世界普遍性というものには、ある亀裂があるんだということを発見するまなざしというものが必要となってくるとおもいます。そういう課題というものは現在知識人が強いられているひとつの課題であるということができるとおもいます。

それじゃそういうまなざしというものは、現在なにを発見するのか、つまり、どういうことを発見し、どういうふうにそれを展開することが必要なのかというような問題がでてくるとおもいます。その問題は第一に、わたしのかんがえでは国家というもののかんがえ方なんです。レーニンなんかが、革命の問題というのは要するに国家の問題である、国家権力の問題であるというふうにいってますけれども、つまり国家の問題というもの、国家というのはなにかというような問題を考察していくことがやはり知識人がいわば知識普遍性というものにたいして、ひとつの鋭い亀裂を発見していく現在のひとつの重要な課題であるというふうにかんがえています。国家の問題について、つまり国家をどういうふうに理解するかということによって、個々の知識人あるいは知識人集団である前衛的な集団というものの立脚点がある意味で決せられるというふうにかんがえてもいいとおもいます。そういう知識普遍性にたいして、亀裂を発見するというような観点から申しますと、たとえば現在、マルクス主義者というふうにじぶんでかんがえ、また許している、そういう人たちのマルクス主義というものは実は、ロシア的マルクス主義であるというふうにいうことができます。そうしますと、ロシア的マルクス主義が展開してきた国家論は、哲学的には、弁証法的唯物論と史的唯物論を基礎におくわけですけれども、そういうものを基礎においたロシア・マルクス主義的な国家論が、現在まったく疑われざるをえないひとつの亀裂をもっているとおもいます。そういう情況は世界情況として存在するとおもいます。したがって、国家というものをどういうふうにかんがえるかによって、だいたい現在の思想的立脚点が決まっていくといっても過言でないというふうにかんがえています。

この問題をわたしはわたしなりに追求していったわけですけれども、結論からさきにいいますと国家というものはなにかといいますと、それは幻想である。しかも共同的な幻想であるということ、そしてそれ以外のなにものでもないということなわけです。現在、世界に存在するあらゆる国家について、それは全部要するに幻想である、しかも共同的な幻想である、そしてそれ以外のなにものでもないということが、国家についての唯一の本質的な規定であるというふうにかんがえます。

国家論についてそれじゃ、どういうような問題意識が、ロシア・マルクス主義によって提起されてきたかといいますと、それは皆さんがご存知かもしれませんけれども、エンゲルスの『家族、私有財産および国家の起源』という著書があるんですけれども、その著書というものが、ロシア・マルクス主義の国家論を形成する場合のひとつの原典になっているわけです。レーニンの『国家と革命』も、それにおおく依存しているわけです。日本のマルクス主義者が、現在さまざまな立場から、修正とか、ロシア・マルクス主義の復権とか、そういうものを試みているわけですけれども、そういうものをさかのぼっていきますと、エンゲルスの国家論にいきあたる。エンゲルスの国家論というものが問題となってくるわけです。たとえば日本のマルクス主義者の個々の批判というのはきわめてつまらない。要するに、エンゲルスの『家族、私有財産および国家の起源』における国家論のなかに、どういうような欠陥があるかということ、したがってその国家論のなかにどういう欠陥があるか、したがって日本のロシア・マルクス主義者というものはどういうふうにそれを模倣することによって欠陥を生みだしているか、そういう問題をかんがえてお話ししていきたいとおもいます。

エンゲルスが指摘するまでもなく、国家の起源は、個々の人間というものの集団というところからは求められないわけです。国家の起源を求める場合には、家族というものを媒介としてかんがえるほかはないわけです。家族というのはなにかと申しますと、エンゲルス的な規定では、男性あるいは女性としての人間というものの性的な自然関係にもとづく一つの共同性がエンゲルスのなかにおいてかんがえられた国家というものであり、エンゲルスはその場合、それじゃどういう範疇で家族というものをかんがえたかというと、家族において、そういうことはマルクスもエンゲルスもいっているわけですけれども、最初の分業、したがって最初の階級分化というものは、子どもを生むということにおける男女の分業にはじまるということをいっていますけれども、つまりそういう場合に、エンゲルスがかんがえた男女の分業による人間自体の生産、そういう範疇は、いうまでもなく経済的な範疇に属するわけです。ところでわたしどものかんがえでは、経済的範疇というものは、かならず幻想的な範疇を生みだしていくわけです。これは個人の場合でもそうですし、経済的範疇を拡大して、自然的範疇といってもいいわけですけれども、自然的範疇としての人間が、外部の自然とかかわるかかわり方は、かならず幻想性というもの、皆さんのなれしたしんでいる言葉でいえば観念性というものをかならず発生させるわけです。だから、エンゲルスが家族というものを経済的な範疇でかんがえて、経済的範疇自体はかならず人間の観念的範疇というものを、そういう言葉を使いますと、観念の自己疎外というようなことですけれども、自己疎外というような観点をエンゲルスが欠いていたということが第一の問題になってくるわけです。それはエンゲルスの家族論というものの欠陥につながってきます。

そしてエンゲルスの家族論における欠陥をきわめてポイントのところで、つまり要点のところで申しあげますと、エンゲルスはたとえば家族的な範疇というものが、いわば部族的といいますか、部落的な社会あるいは村落的な社会の共同性にまで拡大していく契機として、なにをかんがえたかといいますと、それはいわば、原始集団婚というような段階をかんがえたわけです。原始集団婚というのはなにかといいますと、集団内部におけるすべての男性とすべての女性は、性的な自然行為を営むことができるし、また営んだという段階が存在したというようなかんがえ方をしたわけです。そうしますと、いわば家族の範疇がそのまんま、家族というものがそのまんま、部落大に拡大できるわけです。つまり逆にいいますと、エンゲルスは家族を共同体にまで拡大するためには、どうしても集団婚というものを想定せざるをえなかったわけです。つまりそれ以外では、性的自然行為というものをかんがえるためには、性的行為の関係そのものが部落大に拡大する、つまり、最初の共同性にまで拡大する契機というものは、ちょっとかんがえにくいわけです。かんがえられないわけです。だけど、部落じゅうのすべての男性が、すべての女性と関係を結ぶことができるというふうにかんがえれば、家族すなわち部落大であるというようなことがいいうるわけです。そして、エンゲルスはそういう段階をかんがえたわけです。

しかし、第一の欠陥はなぜそういうふうにエンゲルスは原始集団婚をかんがえざるをえなかったかということは、つまり、エンゲルスは性的自然行為における範疇を、経済的な範疇においてかんがえたというところに第一の問題がある。つまり、性的な自然行為というものは、かならず幻想性を疎外するということ、いいかえればぼくのいい方でいえば、対となった、ペアーとなった幻想を、かならず観念として自己疎外するものだという観点を導入しますと、エンゲルスのかんがえ方というのが単に実証的に否定されるだけではなく、理論的に否定されていくわけです。だから、もし家族の形態というものが、国家の原始的な形態である共同性にまで拡大する唯一の契機があるとすれば、それはなにかと申しますと、同じ母親からでた兄弟と姉妹との関係、そういうものだけが部落大に拡大することができます。つまり、兄弟と姉妹とのあいだには、性的な自然行為というものはともないませんけれども、しかしそれはともなわないからゆるい関係ですけれども、ゆるい、ぼくの言葉でいえば対幻想なんですけれども、そういうものをかなり永続的に保持することができます。そうしますと、ひとつの家族集団におけるその一系列をかんがえますと、それにたいして、兄弟というものはその家族集団からまったく除外されていくわけですけれども、除外されてじぶん自身はまたべつの部落あるいはべつの種族の女性と婚姻するわけですけれども、そういうようなことで系列をことにするわけですけれども、また空間的にあるいは地域的に分散しうるわけですけれども、しかしそれが同じ母親からでたということ、つまり同じ母親をもつという意味では、共同性というものをもちうるわけです。要するに民族性というものの段階へ転化する唯一の契機というものがそういうところに求められるわけです。だから、エンゲルスのいうように原始集団婚を想定することは、もちろん実証的にそういう段階をとっているということはあやまりですけれども、単に実証的にあやまりであるだけでなく、理論的にあやまりである。つまりなぜ理論的にあやまるかというと、エンゲルスが男女の自然的な性行為をもとにする関係、つまり家族の本質というものを、経済的範疇でのみかんがえたというところに、基本的な欠陥があらわれるわけです。集団婚というものを想定することによって、家族自体がすなわち部族全体であるというような、そういう段階に拡大していくというふうにかんが
えていったわけです。

エンゲルスのもうひとつの欠陥は、母系制社会における母系制というものにたいす
るかんがえ方にあらわれています。母系制社会は、農耕社会におおい形態なんですけ
れども、それは、兄弟姉妹のうちに女系だけがある家族のいわば根幹をなしていて、
兄弟というものはそれから離れていくというような、そういう形態なんですけれども、
母系制の成立する基盤としてエンゲルスがかんがえたのはなにかといいますと、それ
はつまり、原始集団婚、あるいは原始集団婚にちかい婚姻形態というものをかんがえ
ていきますとね、そうするとその場合には、たとえばひとりの女性についていえば、
ひとりの女性がもし仮に、部落じゅうの全男性と性的自然関係を結ぶことができると
いうふうにかんがえたとすれば、その女性にとって、じぶんが生んだ子どもはあきら
かにじぶんの子どもであるということはわかるけれども、その父親がだれであるかと
いうことはまったくわからない。したがって家族形態あるいは家族系列の発展を、女
性を基盤として、つまり母系を基盤としてかんがえる以外にないというのがエンゲル
スのかんがえ方です。しかし、このかんがえ方もきわめてあいまいであることがすぐ
にわかります。それは、ぼくのかんがえでは、たとえばひとりの女性というものが、

毎日のようにちがった男性と性的な自然関係を結んだとして、ある時たとえば、その女性が妊娠し子どもを生んだとしても、そういう極端な場合を仮定したとしても、その子どもの父親がだれであるかということは、ぼくにいわせれば、母親にとってはまったく明瞭なことだというふうにぼくにはおもわれます。それは、いろんなことから確認されます。つまりそれはたとえば、顔がにているとかね、いろんなことから確認されるし、また女性自身のなかでもそれが確認される。つまり、ぼくはエンゲルスのいうようなことはありえないというふうにおもいます。たとえひじょうな極端な例をかんがえたとしても、ひとりの部落の女性がじぶんの生んだ子どもの父親がだれであるかを知りえないなんてことは、公的な認知を求めうるかえないかということを問題にすればべつですけれども、そうじゃないかぎりは、かならず知りうるわけです。つまり、母親は知っている、父親がだれかを知っている。つまり母親が、父親がだれであるかを知っているということは、部落じゅうが知っているということを意味する。なぜならば、現在のようなべつに稠密《ちゅうみつ》な人口密度で部落というものが存在していたわけではありませんから、それは俗な言葉でいえば、うわさ千里をはしるというやつで、かならず部落じゅうに父親がだれだということがわかるというふうにぼくはかんがえます。つまり、エンゲルスが母系制成立の基盤の根拠としてかんがえた、そういうかんがえ方というものはきわめてあいまいである。おそらくはまちがいである。そういうことがエンゲルスのたとえば母系制というものにたいするかんがえ方のひとつの欠陥というふうにかんがえることができます。それはいわばエンゲルスが原始集団婚というものを想定したこととつながっていくわけです。

そしてもうひとつエンゲルスがかんがえた基本的なまちがいはなにかといいますと、エンゲルスはこういうことをいってるわけです。つまりなぜ、人類あるいは人間のみが、原始的な集団婚というものをかなり動物とはちがった永続的なかたちで持続しえたかというと、それは人間ことに男性の嫉妬からの解放ということが、あるいは相互寛容ということが第一要素である、というふうにエンゲルスは規定しています。しかしこのかんがえ方というのは、まったくさかさまであることは、これまたひじょうに明瞭なことだというふうにおもいます。たとえば、ひじょうにおおくの女性と性的関係を結んだ人のほうが、女性と性的な関係を結んだことのない人よりも嫉妬感情はすくないだろうというふうに、逆のことはいえますけれども、性的感情、つまり嫉妬感情からの解放あるいは相互寛容というものが、原始集団婚をかなり永続的に成立せしめた根拠であるというようなエンゲルスのいい方というのは、いわば観念が現実を決定するみたいな、つまりまったくさかさまであるということが、すぐに了解されるとおもいます。そういう意味でも、エンゲルスが原始集団婚を成立せしめる第一要素としてかんがえた人類の、ことに男性の嫉妬からの解放というような、そういうかんがえ方というものが、それが原動力になったというかんがえ方が、きわめてあいまいである。おそらくはまちがいであるということ、そういうことがかんがえられていくわけです。

そうしますと、たとえば氏族制あるいは前氏族制というようなかんがえというものは、国家の原始的形態であることはたしかなんで、つまり国家というものの起源をかんがえていく場合に、どうしても家族というものと国家というものの関係というものからはじめる以外にない。また、国家というものは、かならず個々の人間というものから成立するのではなくて、家族という媒体をとおしてはじめて成立していくわけです。そこで、家族の考察というものが、エンゲルスにおいて重要な比重をしめたわけですけれども、そこでかんがえられた家族が、いかにして国家の始源形態である氏族制あるいは前氏族制に転化するかというような、そういう問題においてかけた問題意識というものは、ほとんど、ことごとくといっていいほどまちがいであるということがいいうるわけです。そしてそのまちがいの根柢というものは、エンゲルスが人間の意識にやってくる全自然的な範疇はかならず幻想性あるいは観念性をともなうものだということと、だから家族は対幻想というもの、ペアーとなった幻想性というものをかならずともなうものだということを欠落させたところにあるわけです。それから国家の経済的範疇、経済的背景というものは、共同幻想としての国家というものを、かならずそこに生みだすものだ、つまり自己疎外というような問題意識がエンゲルスに存在しなかったということが、おそらく根本的な欠陥につながっていくというふうにかんがえられます。

ここで問題になっていくわけですけれども、国家というものはそういうふうにして、家族形態とのなんらかの関係において発展していくものでありますけれども、エンゲルスがもうひとつかんがえたおそらくまちがいであろうというふうにおもわれる点はなにかといいますと、氏族制つまり氏族制度というところまでは、さきほどいいましたように兄弟姉妹というような関係、つまりひとつの単系の家族をかんがえた場合に、兄弟姉妹というようなものの関係の分散、つまり空間的拡大化というものが氏族制または前氏族制を成立させた、そういう段階から、つまりつぎに氏族性の上にある部族制あるいは種族制統一社会、すなわち国家、そういうものに段階的に転化したというようなかんがえ方が、エンゲルスにあるわけです。このかんがえ方は、はじめにモルガンにあって、それからエンゲルスにあるわけですけれどもね、ことを経済的範疇に限定しているかぎりは、氏族制あるいは前氏族的段階から、国家の初源形態である部族制社会というもの、そういうものに段階的に転化していくというようなかんがえ方がきわめて無造作に成立するわけです。その無造作に成立する成立の仕方ということは、おそらくはありえないわけで、家族形態あるいは家族体系というものがどのように発展していっても、それは究極のところにおいて氏族制という段階で、つまりこれを古代史の学者流にいわせれば、血縁社会ということなんですけれども、血縁集団ということなんですけれども、氏族制の段階において、おそらく壁につきあたるわけで、それ以上は血縁集団自体が拡大していくということがありえない。それから、単なる血縁集団というものは、統一社会というものを構成しえない。統一社会というものを構成するためには、なんらかべつの契機が必要であるということ。だからその場合には、連続的な発展段階として、氏族制が部族制社会に転化していく、つまり国家に転化していくというようなことはかんがえられないので、そこに血縁集団と血縁集団のみならずなんていいますか地縁集団というものを基盤にしたひとつの統一共同社会、つまり国家というものそういうようなものはおそらく個々の段階の発展としてではなく、ひとつの共同幻想というものの断層として飛躍ということがあって、飛躍の契機というものがあってはじめて可能であったということがいえるわけです。そういう意味でも、経済的範疇として連続的に氏族的段階から国家の初源形態である部族制社会というものに転化していくというようなエンゲルスの国家論のひじょうに根幹的な部分、つまり基本的な部分がきわめてあぶない、つまりあいまいであるあるいは誤謬であるということがいえるわけです。そこに、問題が転化されていきます。

そうしますとこんどは、国家の共同幻想というものは、国家内における家族、あるいは個々の成員というものと、いかなる意味でつながるかというような問題、つまりいわゆる階級制というもの、階級の問題というようなものにかんがえを移していきますと、現在、ロシア・マルクス主義者によってとられている階級概念はきわめて不充分なものであるということができます。なぜ不充分であるかというと、それはいわば、経済的範疇としての労働と資本、あるいは労働者と資本家というようなそういうもののなかに、階級発生の基盤というものを、そういうもののなかにのみ求めようというような問題意識においてあやまりであるというふうにいうことができます。それはおそらく、哲学としては弁証法的唯物論あるいは史的唯物論というものの結果にもとづくわけですけども、そういうかんがえ方が、要するにロシア・マルクス主義における階級概念のきわめて不充分さというものの根本にあるとかんがえます。もちろん、だから、それを模倣した日本のたとえば講座派でありそれから労農派であるというようなかたちで展開されてきたロシア・マルクス主義的国家論というものは、それが天皇制絶対主義論であり、あるいはそれからまた、天皇制ファシズム論であり、それが欠陥である、つまりそれは誤謬であるというようなことをいうことができます。つまり、階級というものを想定する場合に、もうひとつの契機がいる、もうひとつの契機はなにかといいますと、それは共同幻想というもの、つまり国家の共同幻想というものはかならず個人の幻想性と逆立するということ、さかさまになるということなんです。

たとえ個人あるいは家族の見解あるいはなんらかの経済的あるいは人間関係における必要性から、国家というものを生みだしたとしても、国家というものの共同幻想性が、いったん生みだされてしまうと、個人の幻想性というものとさかさまになってしまうということ、いいかえればそれは桎梏《しっこく》になってしまうということ、いいかえればある意味で暴力になり、ある意味で強制になってしまうということ。つまり、そういう観点から社会の階級制をかんがえていきませんと、階級あるいは階級という概念自体が十全に把握されないということ、つまり階級制というものを経済的範疇からのみ導きだしてはならないということです。経済的範疇がかならず幻想的範疇を生みだし、幻想的範疇における共同幻想とそのなかにおける個人幻想というものは、かならず逆立してしまうということ、つまり生みだされた経路では、いったん生みだされた以上は逆立してしまうというそういう契機と、こんどは契機から階級というものの概念に近づくというつまり幻想性あるいは観念性という概念から階級というものの概念に近づくというような、そういう操作をしないかぎり、階級概念というものが十全に把握されないというようなことが生じてくるわけです。だから、経済的範疇として、もしも国家が政策的に、いわゆる普通よばれている福祉社会的なあるいは経済政策としての構造改良的な、そういう政策を国家がとったとすれば、そうすれば階級概念というものは、きわめてあいまいにみえてくるわけです。つまり、階級なんてねえじゃねえか、きわめてあいまいで、たかだかより富んでる、より富まないというぐらいのもんであるというような見解に横すべりしていくわけです。しかしもしも、階級概念というものはそういうことじゃなくて、幻想的な範疇からの考察というものをひとつの軸として必要とするというような観点を導入していきますと、国家が社会政策としていわゆる福祉政策をとり、それから資本家というものが個々人としてまた集団として福祉的な政策をとろうと、そのなかにおける階級制というものの本質がべつになくなってしまうわけではないということがわかります。そうしますと、もしも国家というものが存続するかぎりは、階級廃滅つまり階級がなくなるということは先験的にありえないということが、すぐに結論することができます。

だからたとえば、中国の文化革命についていいますと、つまり中国の文化革命が文化的領域いわば共同の幻想的領域なんですけどもね、幻想的領域において、いかに根源的であり階級廃滅というような表情をそのなかにふくんでいるようにみえようとも、もしも中華人民共和国連邦というようなもの、そういうものに手をつけずに、そのもとにおいていかなる階級もなくしようとしてもそれは先験的に不可能であるということが結論になります。したがって文化革命というものが単なる政治的権力における対立抗争にすぎないかということがわかります。で、中国における国家が廃滅するためには、もっとも経済的に高度な先進地であるひとつの国家、たとえばそれはアメリカ、そういうところにおける国家廃滅というものがなされないかぎりは、中国における国家というものは廃滅されえない。つまりその範疇内でどういうふうに操作しても、廃滅されるはずがない。したがって中国における階級というものは廃滅されるわけはない。つまり、中国文化革命というものが根本的にはらんでいる矛盾は結局そこにあるわけで、そこに毛沢東思想というようなものの限界があり、毛沢東がいかに世界プロレタリア革命というようなことを鼓舞をしようとも、国家があるかぎりはけっして階級は廃滅されないということは幻想的範疇から階級というものをかんがえていくかぎりはまったく自明の理である。だからしたがって、中国におけるいかなる運動もいかなる階級廃滅運動も階級廃滅にいきつかないということは先験的にもう決まっている。つまり先験的に決まっているというところで文化革命というものが行なわれているわけです。日本のロシア・マルクス主義者はさまざまなことを中国文化革命について発言し階級について発言し、それから構造的改革について発言していますけれども、しかしなにが問題なのかといいますと、要するに階級概念自体が、けっして経済的範疇からはつかみえない、つまり到達しえない。さきほどからいっている幻想的範疇、つまり共同幻想とそのなかにおける個々の契機あるいは家族というものにおける契機との逆立の契機というものを導入せずしては、階級の本質的な問題というのはかんがえることができないということ、そういう問題意識を欠くかぎりは、いわばなんていいますか、個々における世界情況というものの動向にわりつけてじぶんのかんがえ、理論を修正していく、そのつどあわせていくということ、そういうことしかなしえないわけです。しかしわれわれはそれを拒否するわけです。つまりそんな問題意識をまったく拒否するわけです。そういう問題を批判しても問題ははじまらないので、それらの根本的な原典であるエンゲルスの『家族、私有財産および国家の起源』のどこに問題意識があって、どこに問題意識の欠陥があるか、そういう問題意識をたどることによって問題ははっきりさせることができるわけです。つまりわれわれはそういう意味で現在におけるロシア・マルクス主義者およびその諸変化というものとまったくちがう見地にたっているということ。つまりわれわれの情況が、そういうロシア・マルクス主義の修正の次元に存在するとはまったくかんがえていない。われわれはわれわれ自身のなか、つまり平和でありそしてなにごともないかのごとく、しかしなんとなく重苦しく間接的に直接的にあらわれてくる圧迫感というもの、そういうものはだれでも感ぜざるをえない。そういう情況のなかにこそ本当の思想的課題というものを解いていってそしてそれをみずから創造していくという契機が存在するというふうにかんがえております。

国家の共同幻想性というものは、なにによって具体的な形態をもつかといいますと、まず第一に法的な言語、法的なことばというもの、いわば法律、条文、つまり公法、私法にあたるわけですけれども、そういうものによって国家の共同幻想性は、いわばそのもとにおける市民社会というものに対峙しているわけです。それが共同幻想性のもっとも基本的なあらわれであるわけです。つまり基本的な国家の共同幻想性は、たとえば憲法であるとか、そのもとにおける刑法であるとか、諸民法であるとか、そういう法的な言語によって、みずからの共同幻想性の意志というものあるいは権力というもの、そういうものを社会にたいしておよぼしていくわけです。それにたいして、たとえばさきほど漱石の例をいいましたけれども、大衆というもの、もっとも原型的にかんがえられる大衆というものはなにによってそれに対峙しているかというと、国家権力の共同幻想性の具現といいますか、法的言語にたいしては、いわば沈黙の意味性というもので対峙しているわけです。いいかえれば、沈黙の意味でもってそれに服従しているわけです。だから、沈黙の意味でもって服従しているということは、けっして唯々諾々《いいだくだく》として服従していることとはちがいます。つまり唯々諾々として服従して、なにもいわずに服従しているのではなく、それにたいして沈黙の意味性というものでもって服従しているわけです。だから沈黙になにか意味があるということ、つまり大衆が黙っていることになにか意味があり、そこにさきほどの漱石のかんがえた例でいえば、どこに亀裂があるか、つまり亀裂が発見できるかというような、そういう契機というものを知識人あるいは知識人の集団がみずからの思想的な課題としてそういうものをくみあげていくことができないかぎりは、知識人の集団というものは、いわば反体制的には存在しえないということができます。

つまり、いわば本質的にいいますと、国家の共同幻想性にたいして対決しうる唯一のものは個人幻想であるわけです。たとえば、文学とか芸術とかが属しているところの個人幻想というものだけが、いわば本質的な意味で、国家の共同幻想性にたいして対峙することができるのです。しかしながら、レーニンがかんがえたように、もし知識人の集団というものが、共同性というものが、なおかつ国家の共同幻想性にたいして反体制的でありうる唯一の可能性というものをかんがえるとすれば、それはいわば法的言語にたいして沈黙の有意味性というもの、つまり沈黙の意味性でもって服従している、そういう大衆の言動、思想的な問題、つまり亀裂、そういうものをよく思想として知識人がじぶんの思想のなかにくりこむことができるかというような、そういう問題が可能であるとき、かろうじて知識人の共同性としての集団が反体制的でありうるわけです。レーニンならレーニンというもの、あるいはトロツキーならトロツキーというものが想定した党というような概念は、もちろんそういうものであったわけです。しかし実現されたものはそうではなくて、沈黙の有意味性をもっているのじゃなくて、なまはんかな啓蒙をうけたおしゃべりな大衆というやつが、そばに集ってきたというような、そういう集団に転化した。それは要するに、それ自体がいわば共同幻想性として、再び沈黙の有意味性をもっている大衆の言動というものと対立してしまうということを意味します。これは要するに、ロシアの官僚制というもののなかにふくまれている根本的な問題だということができるとおもいます。

現在、そういう意味で、さまざまなかたちで理論的それから原理的な復興というようなものがかんがえられているわけですけれども、わたくしたちが追求している問題は、共同幻想性としての国家というものはなんであるかというような、そういう問題をとにかくわがものとして展開するということ、そういうこととそれからやはりもうひとつは個人幻想性としての国家というもの、いいかえれば文学、芸術あるいは個人宗教なんていうものはそれに属するわけですけれども、そういう問題が国家の共同幻想性にたいしてどういう位相をもって存在しているか、それから、なんていいますか、それ自体の内的構造といいますか、内部構造はなんであるかというそういうことを追求していくというようなことが、わたくしなどのここ六、七年のあいだかんがえてきて展開してきた思想的な課題であったわけです。この課題の解決なしにはいかなることもおこらないだろうということ、つまりこの課題を解決するというのは、思想的にいえばひじょうに緊急な問題である。しかし、緊急であるけれども、それについて日本におけるロシア・マルクス主義者が依然として復権しよう、あるいは復興しようとしているその復古的見解というものの範疇のなかでは、そういう問題は解決されないだろうというそういうことがわたくしなんかを動かしてきた原動力である。つまりこういう問題を展開していくというようなそういう課題において、ぼくらはいわば思想的な自立、あるいは自立的な思想ということばをある場合に使ってきたわけです。つまり、自立的な思想あるいは思想の自立的な根拠というものは、現在の情況のなかでなんであるかというような問題をかんがえるときに、わたくしどもが基本的にかんがえ、そして展開してきた問題は、そういうところにいわば要約することができます。この問題は、たとえばある程度完成されたかたちで、またある程度未完成のかたちで現在展開されつつあるわけです。そういう課題を解くことによってしか、たとえば現在のさまざまの位相の政治現象があるかとおもえば、さまざまのかたちの政治無関心があり、そしてさまざまなかたちの離合集散がくりかえされているという政治思想的情況というものをつきぬけてゆく契機は存在しないということがわたしどものとってきた根本的なかんがえ方です。

そして、このかんがえが皆さんにとって、どういう意味をもつかぼくには推察することができませんけれど、しかし、そういう課題というものは、あきらかに現在におけるもっともアクチュアルな課題として存在するということ、つまりそういう課題においても、われわれは小手先の修正とか小手先の解決とか、そういうものでごまかすことは許されない、許されないといういい方はいけないですけれども、そういうことでなんかむかってきやがれというようなことはありえないというような、そういうふうないわばひじょうに徹底的な情況にあるということがいえるとおもいます。われわれがこういうふうにいっているのは、おそらくこういうふうな徹底的な情況なんであって、そういう徹底的な情況というものは単に皆さんの学祭のパンフレットによれば〈閉塞と分断を突き破り、コミュニケーションを回復しよう〉などというスローガンを書いていますけれども、こんな程度のスローガンで問題が解決されたら、要するにおなぐさみなわけです。つまりそんなものではない。つまり現在の情況というのは、そういうロシア・マルクス主義者がさまざまな修正をほどこし、さまざまな解釈それからさまざまなアクロバットをほどこして、それできりぬけられるような、そんなちゃちなもんじゃないということ。われわれが当面しているのは、もっとひじょうに徹底的なものであるということ、そういうことが皆さんに伝わることができれば、つまりそういう問題意識にたっているということが伝えられることができれば、わたくしのいわばきょうの目的ははたされるわけです。まことにおそまつですけれども、これでいちおう終わらせていただきます。

（昭和四十二年十月三十日　岐阜大学）

幻想—その打破と主体性

ただいまご紹介にあずかりました吉本です。ぼくが愛知大学へまいりましたのは、いまから七年ぐらいまえの安保闘争のさなかでした。それで、本学の高桑《たかくわ》教授におめにかかったんですけれども、そのときに高桑さんがいわれるにはわれわれの大学における学生の知的水準というのは非常に高い、非常に高いし、またそのように信じておられました。わたくしもそういう印象をもちましたので好感をおぼえたのを記憶しております。当時から七年たっているわけですけれども、そのかんわたくしが追求してきました問題は、思想的な自立というのはどういうところで成立しているか、それはどういうかたちで展開されなければならないか、そういう問題を追求してきたわけです。

きょうここでそのすべてにわたってお話しするわけにはいきませんけれども、そのなかでみなさんの知的水準がきわめて高いということを前提にいたしまして、まず国家における道徳及び法の発生という問題についてお話ししたいとおもいます。

この問題がなぜ重要かと申しますと、現在みなさんもご承知かとおもいますけれども、さまざまなかたちで国家論が提出されているわけです。それは非常に進歩的な側からの追求、それから現状肯定的な立場からの追求というようにさまざまなかたちで存在しておりますけれども、国家論の問題というのは、現在、非常に緊急であり、また重要な問題だというふうにかんがえますので、わたくしがそのごの七年間のあいだにかんがえてきて、現在到達している地点からそういうテーマをとりだして掲げていきたいとおもいます。

現在までにおける現状維持的な国家論というのはべつとしまして、マルクス主義的なかたちでなされている国家論は、その源泉をロシアにおいておりまして、レーニンの『国家と革命』というようなレーニンの著書のなかで非常に重要なものですけれども、そういうものに基礎をおいてそれをどう発展させるかとか、どう修正するかというような、そういう問題意識として現在問題になっております。ところでわたくしのかんがえではレーニンの国家論の源泉、意義というものはどこにあるかといいますと、それはエンゲルスの『家族、私有財産および国家の起源』という著書に発祥するマルクス主義的な国家論の基盤といいますか、基礎というのがあるわけです。そこで問題になりますのは、エンゲルスの国家論というのがはたして検証するに価するものであろうか、あるいはもし価するものであるとするならば、どこで批判をほどこさねばならないかというような問題が、わたくしなどの現在における国家の問題についての主要な観点になっているわけです。こういう観点は、いうまでもありませんけれども、観点自体が、すでに人間の立場を象徴するわけです。そういう意味で、エンゲルスの国家論というものからまずお話しをしていったほうが非常にわかりやすいのではないかというふうにおもいます。エンゲルスの国家論というのはどういうふうにできあがっているかと申しますと、モルガンの『古代社会』という著書を基盤にしてそれを定義づけ、かつ、論理づけるというようなかたちでなされているわけです。その場合になぜ家族が問題になり、なぜ私有財産が問題になりそれがどうして国家とかかわりあうのかというようなそういう問題があるわけですけれども、それはエンゲルスの著書をひもとけばわかるように、国家というものは人間の自然性に根ざした家族というものの形態、家族の形態の根本にある婚姻形態というもののあり方を通らなくては、国家というものは起源しないしまた発生しないということがあるわけです。もちろん家族と国家とはまったくべつの次元に属するわけですけれども、しかしその起源においては、家族というものを媒介しないと国家というものはかんがええないということができます。エンゲルスは、家族というものと国家というものはどういうところで、接続の契機をもつかという問題をまずかんがえたわけです。

エンゲルスはこういうふうにはじめかんがえたわけです。原始的な人類の段階において、人間は一段階として、集団婚というようなかたちをとって存在した、それもかなり永続的なかたちで存在した。永続的なかたちであるから一段階として設定できるわけですけれども、原始集団婚というようなものを想定したわけです。原始集団婚とはなにかと申しますと、あるひとつの部落なら部落、あるいは村落なら村落というものがあるとすれば、部落内におけるすべての男性は、すべての女性と性的な自然行為を行なうことができる、つまり性的な自然関係を結ぶことができるというようなそういう段階を想定したわけです。もちろんそういう段階でもある特定の男女がたとえばわりあいに永続的なかたちで関係をたもち、ある男女においては、一時的なものに過ぎなかったというような、そういうさまざまな形態をとりうるわけですけれども、とにかく、ある村落、あるいは部落中におけるすべての男性とすべての女性は性的な関係を結ぶことができると、そういう段階を想定したわけです。なぜ、そういう段階をエンゲルスはかんがえたかと申しますと、そういうふうにかんがえないとエンゲルスの理論からいっても、婚姻形態つまり家族の形態というもの、あるいは男女の関係というものが部落大、あるいは村落大に拡大するという契機はどこにもかんがえられないわけです。もしも集団婚で部落中の男女が自由に交わることができるというようなそういうことを想定しないかぎりは、婚姻形態というものがそのまんま部落大に拡大しうるというようなそういう契機が存在しないわけです。要するに部落中のすべての男とすべての女が性的な自然関係を結ぶことができるとすれば、婚姻、すなわち性的関係というのはたちまち部落大に拡大されていくというような、家族大イコール部落大に拡大というような、部落であるというようなそういうかたちが想定できるわけです。そこでエンゲルスはそういう原始集団婚というようなかたちを人類のある歴史の一段階として想定したわけです。それによって家族形態を通過して、いわば村落の共同体というようなものが成立していくそういう接続点というものがえられるんじゃないかというのが、エンゲルスのかんがえたかんがえ方なんです。ところでなぜそういうようなエンゲルスのかんがえ方がおこったかといいますと、それは人間の男女における性的な関係というものを、経済的な、いいかえれば経済社会的なカテゴリーとしてそれをとらえたからなわけです。つまり、経済社会的なカテゴリーとしてとらえれば婚姻というもの、一般に男女における性的関係というものは、子どもを産む、つまり人間をですね、人間自体を生産するひとつの分業、性的分業というようなかたちになります。分業であるからには、階級発生の最初の基盤というのはそこに存在するというふうにかんがえられるわけです。それがエンゲルスのかんがえ方で、つまり経済的カテゴリーで婚姻あるいは男女における性的関係というものをとらえたということが、一番問題になるわけです。そこで、ようするにそういうものが、どうして部落大に拡大できるか、つまり共同体に転化しうるかとなった場合には、やはり、部落中の男性と女性が自由に性的関係を結ぶことができるという、一段階をもっていたというふうに想定する以外にはありえないということがいえるわけです。逆にいいますと、エンゲルスがそういう段階を一段階として想定したわけです。エンゲルスの主張によればそういう段階からたとえばおなじ世代における兄弟と姉妹とは、性的自然関係を結ぶことができないというような、そういう、ひとつの禁制といいますか、タブーといいますか、そういうものがなんらかのかたちで設けられたときに、制度としての氏族的、あるいは前氏族的な共同体というかたちが想定できるというのが、エンゲルスの根本にあるかんがえ方です。

ところで、このエンゲルスのかんがえ方は、現在において古代史の学者の学説によればまったく否定されているわけで、否定されているということは実証的に否定されているわけですけれども、なにが否定されているかというと、原始集団婚の段階というものを一段階として想定することはできないんだということに、つまり、ある種族においては原始集団婚の形態をとっている種族もある、しかし、ある種族においてはまったく一夫一婦制というふうにみえる、たかだかいえることは、原始集団婚をとっている種族もあるそれからそうじゃない種族もあるという意味でしか原始集団婚というようなかんがえ方は成立しないということがわかります。なぜエンゲルスが理論的にまちがったかということが問題になるわけですけれども、それはエンゲルスが人間の男女における性的関係というものを経済的あるいは経済社会的カテゴリーとしてあるいは経済社会的カテゴリーとしてのみとらえたというようなそういうところに最初の問題点がかんがえられるわけです。いわば人間の全カテゴリーといいますか、全体のカテゴリーのなかで、経済社会的範疇というものを位置づけるということがうまくできていなかったということに問題は結局帰せられるわけです。

　そうしますと、どういうことがいえるかと申しますと、性としての、セックスとしての人間、いいかえれば男または女としての人間の関係というものですね、そういういわば自然的な性関係を基盤にした関係、つまりそれが家族形態の中核にあるわけですけれどもそういうものは必ずひとつの幻想性といいますか、観念性といいますか、みなさんの慣れていることばでいえば観念性ということですけれども、観念性というものは必ず自己疎外するものであるというようなそういう観点をエンゲルスが欠落させたということ、あるいはあまりにそういう観点を無視したということ、そういうところに最初の問題点があるわけです。そうしますと、性としての人間の範疇、つまり一対の男女の自然的な性関係をもとにする家族形態というのが、家族の共同性として必ずひとつの幻想性というものを自己疎外するということがいえるわけなんです。家族あるいは性としての人間というものの範疇が自己疎外する観念性あるいは幻想性というのはなにかと申しますと、それは、〈対《つい》幻想〉ということになるわけです。〈対幻想〉

とはなにかといいますと、その基盤というものは、男女における、性としての人間における性的な自然関係を基盤にしてそこで生まれてくる幻想性、あるいは観念性の領域ですね、それをまあ、対幻想というふうにいうわけです。いうわけですというのはつまりぼくがいうわけですけれども、対幻想の領域ということができます。絶えず他者を意識しなければおられない観念の世界を〈対幻想〉の世界というふうによぶことができます。この対幻想の世界以外、たとえば個々の人間としての〈個人幻想〉の世界では他者というものをべつに意識しなくてもすむ瞬間、あるいは段階というものがあるわけですけれども、家族としての人間、あるいは性的な範疇における人間が生み出す幻想性というものは必ず絶えず他者の存在を意識せざるをえないというようなそういう世界だということができます。この問題はもし性というものをそういうふうにかんがえれば、経済社会的な範疇を基盤とするにちがいないわけです。自然のカテゴリーというものを基盤にするわけですけれども、それを基盤にしながらそこから生みだされる観念性というものを対幻想の世界というふうによぶことができます。そういうふうにかんがえていきますと、対幻想の世界を想定することによって家族形態あるいは婚姻形態のある程度持続した段階といいますか持続性というものが前氏族的、氏族的な共同体というものに転化しうるかという問題についてエンゲルスとまったくちがうかんがえ方に到達することができます。で、それを申しあげてみますと、まず非常に単純な家族というものを想定しますと、これはいうまでもなく父親と母親、つまり一対の男女の自然的な性関係を基盤にして成りたっている対幻想の世界であるわけです。それを父と母の世代、つまり前の世代というふうにかんがえてみますと、ことがらを単純にするために、単純な家族というものを想定してみますと、父親と母親がおり、そこから生まれた世代として兄弟姉妹というものが存在するというような関係を想定することができるんですけれども、それではこの関係内部における対幻想の構造というものはどういうふうになっているかといいますと、もちろん父親と母親とのあいだに想定されるこの対幻想の世界は自然的な性関係を基盤にしております。

ところで兄と弟のあいだに存在する対幻想というものが想定されるわけですけれども、この場合には自然的な性関係というものは存在しないわけです。しかし、観念性あるいは幻想性としての対幻想というものは存在するというふうにかんがえることができます。その対幻想というものはなにか、どういう構造をもっているかといいますと、父親または母親、つまり、まえの世代というものが死滅したときにだいたい解体してしまうだろうというようなそういう対幻想というものが、兄と弟というような、男性の兄弟のあいだに想定される対幻想の特徴なわけです。姉妹という場合にもほぼおなじだとおもいます。姉と妹のあいだに存在する対幻想はもちろん自然的な性関係というものを基盤にしておらないわけですけれども、しかしそこで想定される対幻想は、やはり父親または母親の世代が死滅し、そして姉が他の男性と、あるいは妹が他の男性と、それぞれまた家族形態を分化したときに姉と妹のあいだにある対幻想というものは消滅してしまうだろうというように想定することができます。つまり、そういうようなかたちで、姉と妹のあいだにも性的な自然関係こそなけれ、対なる幻想というものは存在するということができます。

ところでこれを個体の論理、あるいは精神構造の問題というようなものに還元しますと、これはフロイトならフロイトというものの非常に特異な領域に属するわけで、つまり、父と子の関係とか、母と子の関係とか、母と男の子の関係、あるいは父と女の子の関係というような、そういう関係が、人間の精神構造を決定する第一要因であるというような、フロイトのかんがえ方はそういうところにいきます。フロイトの問題にしているのはなにかといいますと、対なる幻想のうち、世代をことにする対なる幻想というものは、いかにその人間の精神構造を決定する要因となりうるかというような点が、フロイトの主要な関心になった問題であるわけです。

いまわれわれはそういう世代をことにする縦の関係、あるいは、時間的な関係からみた対幻想というものを問題にしているのではなくて、国家の問題に到達したいわけですが、空間性といいますか、空間的にどういうふうに対幻想の問題が展開されるかが重要な問題になってきます。家族の生みだす幻想性の世界のなかで、国家というものに転化する非常に重要な契機は、兄弟と姉妹のあいだに想定される対幻想の世界、つまり対観念の世界が重要な問題になるわけです。兄弟と姉妹とのあいだ、いいかえれば姉と弟とのあいだ、あるいは兄と妹とのあいだにはもちろん性的な自然関係を伴わないですけれども、しかし、対幻想というものは想定できる、しかも兄弟と姉妹とのあいだに存在する対幻想はかなり永続的であるということができるんです。父親と母親の世代というものがかりに消滅しても、つまりまえの世代というものが消滅してもなおかつみずからがまたそれぞれ家族形態をかまえても存続しうるわりあいに永続的な対幻想の世界というふうにかんがえることができます。それがいわば、兄弟と姉妹というもののあいだにある対幻想の特徴をなすわけです。そうしますと、国家の起源をかんがえる場合のもっとも重要な家族関係の幻想性というものは、兄弟と姉妹とのあいだにあるということがいいうるのです。たとえばエンゲルスが想定したように、原始的な段階での母系制というようなものを想定していきますと、母系制の系列は、もちろん姉妹の系列でたもたれていくわけです。つまり、姉妹の系列でもってつぎの世代へ移っていくわけです。その場合には、男兄弟というものは母系制の社会では、単純家族というものを想定しますと、その家族とはまったく関係がないわけです。母系制の根幹というものは姉妹の世代に伝えられていくわけですけれども、その場合の兄弟というものは、異族、あるいはおなじ種族でもまったくちがった系列における女性と婚姻することによって、母系社会における家族形態の発展の主要系列からまったく除外されていくわけです。だから兄弟というものを想定しますと、兄弟というものは姉妹によって受け継がれるいわゆる母系制にたいしては、空間的にといいますか、地域的にといいますか、拡張することができるわけです。つまり、まったく別系列となりうるわけです。だからもし、兄弟というものが地域的にあるいは家族的にまったく別系列にはいるというようなそういうような場合でも、兄弟と姉妹とのあいだには対幻想の世界といいますか、関係というものがなおかつ存続しうるというようなことになります。そうしますと、母系制ですと父親というのはあまり問題になりませんから、母親が問題になりますと、家族の発展系列としては、兄弟と姉妹とは、まったくかかわりのない家族系列にはいっていくわけですけれども、それにもかかわらずそのあいだに対幻想としての関係が存続し、そしてそれがおなじ母親から生まれたものであるというような意味での同胞崇拝といいますか、そういうような感情においては結合性を有するわけです。だから兄弟と姉妹とは、かりに地域的に遠いところに住み、それからまったく離れて住む、つまり一部落あるいは一村落をはみだすだけの遠いところに住み、そして家族系列としてもまったく別系列にはいるというようなそういうかたちを想定したとしてもなおその両者のあいだには、対幻想としての関係といいますか観念的関係は存続しますしなおかつ、おなじ母親からでたという意味では種族的などといいますか、同胞崇拝みたいなものは存在しうるわけです。つまり、こういう観点に立てば、あきらかにある結合性をもっているわけです。そうしますと、エンゲルスが想定した原始集団婚なんていうものは、まったく想定する必要はないのであって兄弟姉妹における対幻想というものをかんがえれば、それは地域的にもいかようにも拡大できますし、それからまた幻想性としても家族系列としてもきわめて無関係な存在になっていく、しかしそれにもかかわらず対なる幻想というものは存在し、同胞崇拝というようなものもまた存在する、そのようなかたちを想定しますと、部族あるいは村落の共同体といいますか、あるいは民族的な共同体といいますか、あるいは前氏族的な共同体といいますか、そういう形態にまで婚姻形態自体がすぐに拡張できるということがわかります。地域的にも拡張できますし、それから血縁的にもまったく無関係な家族を営むにいたるわけですけれども、なおかつ対なる幻想としての観念的結合性が存在し、またおなじ母親を拠点とするという意味で結合性も存在するというようなかたちを想定しますと、家族というようなかたちが、部落大あるいは氏族大に拡大するために、氏族共同性にまで拡大するために、必ずしもエンゲルスがいったように、原始集団婚というようなものを想定しないでも家族形態あるいは性としての人間というものが共同体大に拡大していく契機というものがそのなかに含まれているというふうにかんがえることができます。

たとえばみなさんのあるいは読んでおられるかもしれない邪馬台国論争なんていうものがありますけどもね、邪馬台国というのはなにかといいますと要するに兄弟より姉妹における対なる幻想性によって拡大された、そういう氏族的あるいは前氏族的段階における統治形態、つまり、支配形態というものの問題であるわけです。邪馬台国というのはもちろんわりあいに新しいわけですけれども、もっと古いかたちというものを想定することができるわけです。そういう問題がたとえば邪馬台国論争なんてものので、どういうふうにでてくるかというと兄弟姉妹の関係というものが共同性に転化する場合に、女性系列というものが宗教的な権力を上層においてはもっている、そうしておいて、現実の政治的な権力、政治的な支配形態としては兄弟というものがその支配形態を分担するというような、そういうかたちがかんがえられるわけです。それが要するに邪馬台国の問題であり、そして論争の問題であり、家族というものの形態がいかに共同体大に拡大しうるかというような、そういう問題になっていくわけです。だから姉妹の系列における宗教的な権威をもっている巫子さんですけれども、巫子さんとしての、つまり、最高の段階にいる女性が宗教的権力をにぎり、神がかりといいますか、そういうような状態で神からの御託宣を受けとり、それをじぶんの兄弟に伝えることによって、あるいは兄弟を神からの御託宣によって動かすことによって、兄弟が現実的な、あるいは現世的な政治権力、支配権力をにぎるというようなそういう形態が想定されるわけです。

そうしますと、ここで氏族的なあるいは前氏族的な段階における共同体の支配形態あるいは権力形態の最初のかたちというものが想定されるわけです。それはいわば家族形態からのひとつの転化として想定されるわけで、それを想定するためにエンゲルスのように原始集団婚というものを一段階としてかんがえる必要が毛頭ないということがわかります。そういうふうにして統治形態が存在するわけで、たとえば日本の神話でいいますと、アマテラスというのと、スサノオノミコトといいますか、スサノオの関係というのがそうなんです。アマテラスというのが前氏族的な段階における政治支配的な形態の頂点に位する姉であり、そしてスサノオというものが弟であるというような神話のひとつの形態が生みだされるわけですけれども、その原型はまさに家族形態というものがいかにして共同体大に拡大しうるかという問題における最初の形態だというふうにかんがえていくことができます。ここまで転化したときに家族形態、血縁集団を基盤にしたひとつの共同体が想定されるわけです。そして、その共同体における権力のもたれ方というのがどういうふうになっているかという問題が、ここで想定されるわけです。これは、いわば前国家の前期に属する段階というものがそこでかんがえられるわけです。それではこういう形態が、国家というものの最初の形態に転化するのは、どういう契機によってであろうかというようなことが問題になってきます。

この場合にエンゲルスは、こういうふうにやはりかんがえたわけです。つまり、家族形態あるいは血縁集団というものを基盤にする氏族的なあるいは前氏族的な共同体というものから血縁集団が基盤ではなくて土地所有というような形態を、専有するか、私有するかというようなそういう形態を基盤にする段階を経済的範疇としては発展させてき、それをもとにしてたとえば氏族みたいな血縁集団ではない統一社会的な部族社会といいますか部族国家といいますかあるいは種族国家といいますか、そういうものが発展してきたんだというふうにエンゲルスはかんがえていったわけです。このかんがえ方というのも非常に疑わしいわけで、さきほどいいました家族集団というものを基盤にする氏族的な共同体というものはどのような契機で、部族的な統一社会いいかえれば国家成立のはじめなんですけれども、そういうものに転化しうるかというようなそういう問題においてエンゲルスのとったかんがえ方は、さきほど申しました家族についてとったかんがえ方とまったくおなじで、経済社会的な範疇の一発展としてとらえて、氏族から部族的な統一社会というようなものつまり必ずしも血縁だけが集まるという集団じゃないというそういう集団というものの成立、いいかえれば最初の国家を想定したわけです。ところで、ここでもエンゲルスのかんがえ方というものは地域的な土地所有を基盤にする共同体においては、必ず〈共同の幻想性〉を自己疎外する、生みだすものであるということを、そういう問題意識をもたなかったということがいえるわけです。それをもたないと、つまり経済的範疇だけでかんがえますと、家族集団がある経済的必要性から若干高度になったかたちを想定しますと、ひとつの土地所有なら所有というような問題として転化されていく、そして土地所有というようなものの基盤のうえに立って、村落あるいは部族というものが国家を成立せしめる、あるいは公的権力機関を生みだすというふうにかんがえたのがエンゲルスのかんがえ方です。

ところで氏族的な社会からあるいは血縁集団の社会からひとつの農耕を基盤とする部族統一社会というもの、いいかえれば国家というものに発展したというそういうかんがえ方はもちろん現在においては実証的に否定されているわけですけれども、この問題を実証的に否定する必要はないので、原理的に否定されるわけです。なぜ原理的に否定されるかといいますとエンゲルスは、要するに、国家の問題といえどもやはり経済社会的範疇をいわば前共同体の範疇であるかのごとくかんがえたというところに最初の問題があるわけで、もし経済社会的な範疇における、あるいは、農耕的な土地所有における集団関係というものは共同幻想性というものを必ず生みだすものだ、あるいは自己疎外するものだという問題意識をもつならば、エンゲルスのいうように氏族社会から部族社会へ、つまり血縁的な社会から、国家集団へというような、そういう、転化のしかたというのが必ずしも単一な発展段階であった、あるいは永続的な発展段階であったということがいえないことがわかります。

そこで問題となるのは氏族的段階から部族的な統一国家、最初の統一国家へというような、そういう発展のしかたは経済社会的な範疇からはそのひとつの発展というふうにみることができるわけですけれども、しかし〈共同幻想性〉という問題からみますと、氏族的な段階への共同幻想というものと、部族的な最初の統一国家における共同幻想性というものとは、ひとつ位相がちがうといいますか、まったく位相がちがい、次元がちがうというような問題としてかんがえることができます。それを連続的な発展ということにかんがえるわけにいかないというような問題がでてきます。そうしますと、どういうふうにして氏族的な社会における共同幻想性が、部族統一国家における共同幻想性に転化するかといいますと、そのかんの実証的な問題についてはさまざまながらくたな論議というものが行なわれているわけですけれどそういうことはまあどうでもいいいです。

要するに基本的に本質的になにかといいますと、氏族的な社会における血縁集団あるいは家族集団を基盤にする社会における共同幻想、共同体における共同幻想というものは、もしなんらかの契機で部族的な統一国家の共同幻想性へ転化していく場合には、必ず、個々における共同幻想性というものを家族あるいは家族集団が、慣行律といいますか習慣といいますか習慣的宗教といいますかそういうものの段階へいわば蹴落とすことによってみずからが氏族的な共同性から飛躍したあるいは断絶したそういう段階に転化するということなんです。つまり氏族的共同性における共同幻想性というのは、必ずしも習慣とか、家族関係を否定する掟とか、そういうものだけから成りたっているわけではないので、やはり、そこで一定の公的な機関というもの、あるいは公的な権力というものは想定することができないわけですけれども、すくなくともそれが部族的な統一国家というものの段階に発展するためには氏族制における共同幻想性を一段下の水準に落とすことによって、つまり落としてしまうことによってみずからが飛躍するというような、いわば断絶と飛躍といいますかそういう関係としてひとつの共同幻想性というものを生みだしていくわけです。だからこの生みだされかたは経済社会的な範疇におけるひとつの連続的な発展段階というようなところからだけは決して説きえないのであって国家というものの問題をかんがえる場合には、氏族から部族への転化の場合には、家族集団の規定する掟とか習慣的な戒律とかそういうような段階へ解体して、蹴落とすことによってみずからが共同幻想性というものを高度な段階に飛躍させる断絶の契機を必ずもつわけです。このことが現在においてもそうなんですけれども、国家の問題というものを考察する場合に非常に重要な問題としてあらわれてくるわけです。そこで、現在の社会でいいますと資本主義段階のうえにのっかってるのは資本主義国家であると、厳密にいいますとそういうふうにいわなくてはならない面があるわけです。つまり資本主義社会が、前資本主義的な段階から発展していくというのはそれはいわば経済社会的なカテゴリーでは連続的なひとつの発展というふうにかんがえることができるわけですけれども、その上層にうみだされる幻想性つまり幻想の共同性という問題としては必ずしも連続的なものではなくて、そこに断層といいますか断層と飛躍といいますかそういうようなことが幻想性としてはかんがえられるわけです。だから資本主義社会という、経済社会的な構成のうえにのっかった国家は、資本主義国家であるというふうに完全にいえないので経済社会的な構成がその人間の幻想性というものを規定するだろうというような意味ではそういうふうにいえますけれども、もうひとつの契機というのはいわば共同幻想それ自体の断絶と飛躍といいますか、そういうようなものとして現代の、現在の国家というものの実体というものをとらえねばならないというような面があるわけです。

たとえば、氏族的な遺制が非常におおくのこっているとか、前氏族的な遺制がおおくのこっているとか、あるいは農耕的なあるいは封建的な要素が数おおくのこっているとかというようなさまざまな意味で、国家というものをもし立体的な構造としてとらえる場合には、いわば共同幻想それ自体の断絶を、展開というようなそういう面でとらえなければ現在においてもなお国家というものは十全にとらえることができないというようなそういう問題が当然生まれてくるわけです。たとえばエンゲルスが非常にかんたんに経済社会的な発展段階というものを氏族制の社会と部族制の社会への展開というようなものを想定した、そういう非常に単純なかんがえ方というものがあるわけですけれども、そういうかんがえ方というものの誤解が現在もなおレーニン以降のマルクス主義における国家論の欠陥として受け継がれているわけです。つまりわれわれのかんがえではそういう受け継がれ方の範囲内でどのように修正をほどこそうともそういうことはまったく問題にならんのだと、要するになにが本質的に欠陥なのかという問題、それは一般的にいえば人間の自然的な範疇というものは必ず幻想性を自己疎外するそういう面を考察に入れないならば、国家といえどもまたその実体を考察することができないというような問題というのが現在なお存在しているわけです。

そこでこんどは、国家においてなぜさきほどテーマとしていいましたように倫理または道徳というものが発生するかというような問題をお話ししたいとおもいます。

まずみなさんが倫理とか道徳とかという場合には、これは漠然として個人個人がいわば個人の内部で自己規制する道徳律であったりあるいは社会がなんとなく強制するといいますか個人を規制する道徳であったりというふうに道徳がかんがえられておるわけですけれども、また、そういうふうにかんがえざるをえないわけですけども、最初の国家の発生段階における倫理あるいは道徳というものはもともと個人道徳あるいは社会的な道徳、あるいはカントのいう内なる道徳律ってものはそういうような道徳律としては発生しなかったわけです。最初の道徳律はどういうふうに発生したかといいますと、氏族的または前氏族的な共同幻想がなんらかの形式で部族的な統一国家的な共同幻想性へ転化していく、つまり断絶しそして飛躍していく、氏族的な共同幻想性が習慣的な低地へ蹴落とされ、いわば反作用みたいにして部族国家における共同幻想性が出現していく、そういう蹴落とされかつ飛躍するというそういう段階の裂け目に最初に倫理あるいは道徳というような問題が発生したわけなんです。だから国家の発生段階における倫理あるいは道徳というものは、まさに現段階における共同幻想性とそれからそのあとに発展段階としてできた統一部族国家における共同幻想性との断層をそこで蹴落とされ反作用が起こるというような、そういう断層のよじれというようなもの、そういうもののなかに最初に道徳の発生の問題あるいは倫理の発生の問題という問題が、あらわれてくるわけなんです。

これをたとえば日本の神話でいいますとスサノオノミコトの親に、イザナギノミコトというのがいて、それで要するにアマテラスには、タカマガハラを治めよというようなふうになって、スサノオには海の世界を治めよというふうに命令するということになっているわけですけども、その場合にその命令を、スサノオというのはがえんじないわけです。で、がえんじないで、神話的な表現によればじぶんのひげが胸のところへくるまで泣いてばかりいた、そしてなぜそれじゃどうして命令どおりにいかないのかというふうにいわれて、じぶんは妣《はは》の国であり、黄泉《よみ》の国であるそういうところにいきたいんだ、だから泣いてるんだというわけで父親から追放されるわけです。追放されて神話的表現によればスサノオというのは出雲系の神話に接続されていくわけです。つまり、農耕社会における祖先神というような位置に転化されていくわけです。

そのことはなにを意味するかといいますと神話におけるスサノオというような象徴的な人物によって表現されている兄弟姉妹が氏族的あるいは前氏族的段階の社会というものを、あるいは村落というものを統治しているというような、そういう段階から要するに農耕社会へと転化する段階における共同幻想の飛躍と断絶といいますか、そういうもののきしみといいますか、そういうものをたとえばスサノオの説話というものが象徴しているわけです。そういうふうにして共同幻想あるいは前段階における共同幻想とつぎの段階の社会における共同幻想というもののそういうものの断絶、飛躍のなかに最初の倫理の問題、あるいは最初の道徳の問題というのが発生していくわけです。

これがもっと展開されてもっと後代になってきますと、神話のなかでもたとえばサオヒコの乱というのがあるんですけれども、それはサオヒコという要するに農耕社会における豪族なんですけれども、それがじぶんの妹である天皇の后《きさき》に、おまえは兄と夫とどっちが大切だと神話のなかではそういうふうに問うわけです。そうするとその場合に、兄にたいして妹が、いやおれは兄さんが大切だっていうふうにいうわけです。そうすると、それならばおれとおまえとで、天皇を殺して、統治しようじゃないかというわけです。つまりそこでいえるのは前氏族的段階の統治形態なんですけれども、そういう統治形態で統治しようじゃないかというようにいうわけです。要するに天皇を殺せというわけで、つまりおまえのだんなを殺せというわけで刀を渡すわけですけれども、その神話の表現によれば寝ている天皇をそれで殺そうとするわけですけれども、どうしても殺しえないで涙をだすとそれが寝ている天皇の顔にあたって眼がさめる、それでどうしたんだと聞くと兄からどっちが大切だといわれるから兄の方が大切だっていったらばそれじゃ天皇を殺せというふうにいわれて殺そうとおもったんだけれども殺しかねたというわけです。それで天皇がサオヒコというのを攻め滅ぼすわけですけれどもね、その場合に、その妹である后というのは兄と一緒にみずから滅ぼされてしまうわけです。

つまり、なにをいみするかといいますと、前段階における統治形態、兄弟姉妹の関係における最初の共同体における統治形態というものの根強さというものを語っているわけですけれどもそういうふうにして滅ぼされてしまうわけです。ところが、じぶんは天皇の子どもを妊娠していて、その子どもだけは城外へ渡してやって、天皇の方に渡すわけです。だけど、じぶんは天皇に帰らないで兄と一緒に滅ぼされてしまうという挿話があるわけですけれども、それは、神話のなかでも非常に倫理的な挿話であるわけですけれども、そういう段階で強調されるのもやはりいわば前段階における統治形態につくか、共同幻想性につくか、あるいはつぎの段階、必ずしも血縁を主体とする統治形態政治形態ではなくてもっと統一部族的な国家、つまり土地私有というようなものを基盤にした統一部族国家における共同幻想性というものにつくかという岐路に立たされたときに象徴的倫理の問題というのがあらわれてくるわけです。あるいは道徳の問題というのがあらわれてくるわけです。つまり、こういう問題は倫理というものの発生の最初の基盤であるわけです。

最初の倫理あるいは道徳というようなものの発生の基盤は決して内なる個人内なる主体というものの道徳律あるいは社会が漠然と個々の人間、個人にたいして感じさせる制約、そういうものとして存在したのではなくて、まさにひとつの共同幻想性というものがつぎの段階における共同幻想性へ飛躍し、転化していくというようなそういう段階において最初に発生したということができます。いわばひとつの共同倫理ともいうべきかたちでそれが発生したということができるわけです。それがおそらく倫理的な問題、つまり倫理の発生というようなものの最初の形態であるわけです。

ところで、もうひとつは法というもの、法的形態あるいは共同的な規範というものですけれども、共同幻想の意志的な表現としての法、あるいは法律というようなものの発生基盤というのはどこにあったかというふうにいいますと、やはり、ここでいう前段階における社会というものと後段階における社会というもの、そういうものがいかなる様相で転化したかというような問題のなかに、原始的な段階では刑罰的なものが最初にくるわけですけれども、法的な問題というものが最初にあらわれてくるわけです。

これは日本の神話でいいますとだいたいふたつの範疇にわけられます。ひとつは〈天津罪〉というふうによばれています。それからもうひとつは〈国津罪〉というふうによばれているものです。この問題についても日本の古代法の学者たち、それから古代史の学者たちがさまざまな論議をやっています。たとえばそれは石母田正でありそれから西郷信綱であるというようないろんな論議をやっていますけども、その論議というのはことごとくがらくただというふうにかんがえたほうがいいとおもいます。どうしてかといいますとね、天津罪というのは、どういう例をあげてあるかといいますと、要するに他人の田圃に棒を立ててじぶんの所有であるというふうにしたときとかね、あるいはかんがい用水が流れているみぞを埋めちゃったとか、まあそういうようないわば農耕に関する規定というものがいちばん主要な部分を占めているわけです。

それにたいして国津罪という概念は、なんといいますか、ひとつは婚姻に関するものなんです。母と男の子との性的な行為は罪であるというような、そういう問題から、あとはまじないでひとの生きものを家畜を殺すなとか、虫がはって人をかんじゃう、というようなそういう罪とかそういう範疇に国津罪というのがあるわけですけれどもこの問題の解決において、ことごとくといっていいほど納得できないあやふやな論議が展開されているわけです。なにがあやふやかといいますと、あきらかに天津罪という概念でかんがえられているのは、農耕的な土地所有を基盤にする共同体における共同幻想のひとつの表現つまり法的な表現というふうにかんがえることができます。それから国津罪という概念、つまり母子相姦を禁止するとか、いわゆる近親相姦を禁止するとかというようなそういうものとかおまじないで人をあれしてはいけないとか、そういうような問題が国津罪というような概念で包括されているわけですけども、その国津罪というような概念はなにかといいますと、氏族的なあるいは前氏族的な段階における共同幻想性というようなものからいわばつぎの段階における、つまり農耕的な段階における共同幻想性の法的表現たりうるものをのぞいたもの、つまりけずりとったものですね、それをけずりとってこちらへもってきて、それでのこりのものが、いわば一種のなんといいますか家族集団あるいは血縁集団を規制するひとつの法的な、犯罪の概念になるわけですけれども、つまり氏族的な共同幻想の法的表現のなかからつぎの段階のつまり統一国家におけるあるいは農耕国家における共同幻想性へとそのまま転化しうるものをこちらへ転化してですね、そののこりのもの、蹴落とされたものというようなものとしてのこったものが国津罪という概念に包括されるものだというふうに了解することができます。そういうような概念で了解されるものがいわば天津罪と国津罪というものの概念なんです。

そうしますとなんといいますか、みなさんがいろんな古代法の学者あるいは未開法の学者古典学者それから古代史の学者たちの歴史書とかなんかかね、いまはやりのいろんなでていますけれども、そんなのを読んででたらめだというようにおもう、どうしてでたらめかといいますと、要するに理論がないんですよ、つまり理論というものがないからでたらめになるわけですけれども、理論というものがないために国津罪という概念と天津罪という概念に包括されるその法的表現というもの、つまり共同体の最初の法的表現、つまり国家の権力の一種なんですけれどもそういうものの表現としての法、いわば刑罰法、刑法としてあらわれてくる法という概念ですね、その最初の概念というものを誤るわけです。

ぼくはべつに実証的な古典学者でもなんでもありませんから、ただ理論的に必ずそうなるはずだという問題としてみるわけですけれども、理論的にかんがえていった場合には国津罪という概念に包括される主として近親相姦の禁止というようなもの、それからまじないで人を殺したりけものをたおしたりすることを禁止するとかそういうような意味でかんがえられてくる国津罪の概念ですね、前氏族的な段階におけるこれはそうとうさかのぼってもいいわけですけれども、数千年もさかのぼってもいいわけですけれどもそういう段階における共同体の共同幻想性のうちでつぎの農耕的段階へ、天皇族、大和朝廷支配の段階へですね、そのまま転化しうるものを転化させですね、そういう意味で発展させ、そしてのこされたものをなんといいますか蹴落とすといいますか、いわば家族集団のなにか規制する習慣法みたいなそういうところに、あるいは習慣的な掟みたいなところに蹴落としたというようなそういう蹴落とされたものというものは、だいたい国津罪という概念に相当するってふうに理論的にはそういうふうに想定されます。

そういうふうに想定した場合に農耕社会、部族社会、つまり農耕としての土地所有を基盤にする最初の統一国家における共同規範というもの、法というものが天津罪という概念に含まれ、その概念のなかにはおそらくまえの段階における共同幻想性のうち対応しうるもの、つまりくりこみうるものが発展の形態として存在していること、そしてくりこみえないものがだいたい家族的な慣行律といいますか家族を取り締まる宗教的行事であるとか規定であるとかそういうものに蹴落とされたもの、それが国津罪という概念であるということが理論的には想定されます。つまり、そういうふうに想定していきますと日本なら日本における最初の法的な概念である天津罪および国津罪の概念をきわめてはっきりと解くことができます。こういう問題において原理的な、理論的な思考を欠いている古典学者あるいは古代法学者の論理というものはどんなにつまらないものであるかということは、たとえばみなさんがいまそういう書物もわりあいに流行らしくたくさんでていますけれども、そういうものをちょっとご覧になればすぐにわかります。つまり、そこでは、当るも八卦、当らぬも八卦といえるような仮説が要するにどうどうとして述べられている、しかし、仮説提出の作業というのは決して悪くないんですけれども悪いとはおもわないけれども、その仮説のなかにはひとつの理論的な完結性といいますか、そういうものが必ず存在しなければならない。それが理論的な完結性というものは存在していない、だからその論理というものはきわめてあいまいであり、また混乱してくるというふうになってきます。

そうしますと、そういう原理性、あるいは理論性というものが問題になるわけで、そこではじめて日本における国家権力の意志としての法的な概念である天津罪という概念、それから国津罪という概念がどれだけの位相のちがいとして存在するか、あるいはそれはどういう形態として現在伝えられたものとなっているかというようなことが、原理的にあるいは理論的にはいま申し上げましたように理解することができるわけです。

つまりこの問題というのは、もしも国家というものを共同幻想性、あるいは幻想の共同体というふうにかんがえた場合には、共同幻想の権力的な意志である法的な規範の最初の発生がどのようにしてなされるかという筋道というものがつかめていくわけです。そういう問題をつかむことがどんなに重要であるかということは現在の古代法の学者、あるいは古代史の学者の論議にあらわれているだけではなくて、レーニン以降のロシア・マルクス主義がとってきた日本における国家論というものがいかにエンゲルスのかんがえ方のいわば修正でありまた祖述であり、それからまたレーニンのかんがえ方の祖述であり修正でありというものに終始しているかということでもわかります。われわれはそういうような段階で終始しているそういう立場を指して、ロシア・マルクス主義ないしはスターリン主義というふうに呼んでいるわけで、われわれが自立的思想、あるいは自立の思想というような場合には、われわれはロシア・マルクス主義の遡行形態、あるいは修正形態というものを認めないわけで、現在のそういう段階において国家権力の問題が解きうるとはまったくかんがえていないわけで、われわれが展開してきたものは、そういう修正といいますか、まあ動物園でいえば檻のなかをただふらふらあっちこっちに歩いているだけであるというような、そういうような理論にたいしてですね、あるいは、そういうような思想にたいして、ぼくらがとっている基本的な立場というもの、あるいはなぜそういう立場がひとつの理論的な体系として展開されなければならないかというようなそういう問題意識が根柢にあるわけです。だから、その根柢においてはたとえば、個々のいわば自称マルクス主義者というのは、取り上げてこれを批判してもしようがないので、それはなんといいますか、末流の末流をまた批判しているというようなもので、ぼくの好きなボクシングでいえば、四回戦ボーイとボクシングするようなもので、そういうことは、あまり問題ではない、つまり、世界ランキングの水準で、やっぱりそれは問題にしなければいけないと、そういう問題意識において国家論の最初に問題になるのは、やはりエンゲルスの考察が問題になってくるわけです。

わたくしがきょうエンゲルスの批判というものを原点にして、国家の問題、そして、そこにおける倫理発生の問題、それからそこにおける法的な権力意志の最初の発生起源の問題というようなものを申し上げた問題意識の根柢にあるのは、そういうわたくしたちの、あるいはわたくしの立場、あるいは、建設してきたかんがえ方に基づいているわけで、わたくしたちはそういう理論体系の建設の途上にあるとはいえ、途上にあって、まあ、いまだ完成したとはいい難いのですけれども、しかし、七年前にみなさんの先輩のまえでお話ししたときから、われわれがとってき、自立あるいは孤立に耐えて展開しようとしてきた、展開を支えたモチーフというものは、きょうみなさんにお話ししたようなそういう点に存在するわけです。

で、われわれは必ずそういうものを展開する体系性というものを完成にまで導いていくというような、そういういわば思想の世界における、世界思想の問題に肉薄していくというような課題を負っているとかんがえるので、そういう問題を現在の段階ではまだ完成されたとはいえないまでも今後の展開によって必ず完成していくというふうにかんがえております。そのとき、おそらく、ひとつの体系的な展開というものはできるのであって、そういう体系的な展開なしには、なにごともはじまらないというふうにはいいませんけども、しかし、そういう展開なしには、マルクスがかつていったように、無知が栄えたためしがないというような、そういうような問題というのは絶えずつきまとうとおもいます。

ぼくは、みなさんの先輩の七年前の水準からかんがえて、みなさんが高い水準にあるということを想定してかなり面倒な問題というものを展開しお話ししたつもりですけれども、しかしそこを貫いているかんがえ方というのはそれほど面倒でないということ、それは、それで押し切ることができるということ、そういう問題がどういう重要性をもつかとか、どういうような位相をもつかというような問題は、みなさんの方でさしあたって理解していただかなくても結構なわけですけれども、そういうかんがえ方というものが、どんなに現在の思想的情況を切開していくために必要であるかということだけは確信をもっていうことができるとおもいます。時間をオーバーしているようですからこのへんで終わりたいとおもいます。

（昭和四十二年十一月十一日　愛知大学豊橋校舎）

幻想としての国家

昨年、この学校によばれたのですけれども、昨年きたときから現在に至るまでに、ぼくのかんがえがどこまですすんできたかということを、今日はお話ししたいとおもいます。「幻想としての国家」というテーマになっているのですが、幻想としての国家というのはなにかといいますと、国家の本質ということを意味しております。もちろん国家には、幻想としての国家というものが、たとえば法なら法というものによって維持されていくという法機関、法権力機関というものはあるわけですけれども、機関としての国家ではなくて、幻想としての国家ということでなにを意味するかということ、国家の本質ということのお話しをしていきたいとおもいます。

この問題はふたつの側面があるのです。そのひとつは、文字どおり幻想としての国家というものが、つまり国家の本質というものがどういうような形で存在するのかというようなことなんですけど、もうひとつは、具体的に日本の国家というものがどういう存在の起源をもっているか、そういう具体的な問題に即して、ある普遍的な法則性から、移りゆきが了解されていけばいいんじゃないか、という側面です。

　現在、いろんな形でさまざまな国家論がなされておりますが、そういう風潮のなかには、いろいろな要素があるとおもいます。ただ確実にいえることは、その国家論自体がよくそのひとつの場所を語ることになっているということです。

　まずどういうところから国家というものははじまるかという国家起源の問題があります。これはそれだけきりはなして論ずることができないことはないんですけれども、国家というものは家族というものの形態を通過して、国家という問題がでてくる面があります。そこで国家と家族というものとの接合する時点が問題になってまいります。その接合点の問題をどういうふうにとらえるかということで、いわば国家の起源についての考察というものがひじょうにちがってきてしまいます。

　わたしどもがまず最初にかんがえたことは、家族というものをどう理解するか、どう解するかということなのです。家族というものは、もちろんその根源にあるのは性としての人間といいますか、一対の男女の自然的な性行為というものを基盤にして成りたっていますが、それ自体は経済社会的な範疇でいえば、人間自体をつくりだすというような意味でとらえることができます。ところでわたしどもがかんがえてきたのは、家族をそういうふうにとらえてみた場合に、家族集団というものは連合した場合に、ひとつの氏族的な、あるいは氏族段階に至るまでの前氏族的な血縁共同体に転化するだろうかという問題です。たとえば家族の起源について論じたモルガン―エンゲルスのかんがえ方があります。そこでは、どういうふうにして家族の形成する集団というものがひとつの氏族的な共同性へ転化するかというような問題が、重要なポイントのひとつになっています。家族というものを、一対の男女が営むひじょうに簡単な家族の構成としてかんがえてみますと、こういうものがいくつもより集まって、ひとつの氏族的な、あるいは前氏族的な社会というものを形成するわけですけれども、その場合に、一対の男女によって形成される家族というものはどういうような契機でもって村落の共同性というものを形成していくかがまず問題になります。モルガン―エンゲルスは、この一対の男女の関係をもとにする家族構成の前段階に、部落中のぜんぶの男性と部落中のぜんぶの女性とが性的自然関係を結ぶことができるという集団婚の段階というものをかんがえたわけです。そうしますと、男女の関係、つまり家族の根幹となる男女の関係というのがそのまんま、いわば部落大に拡大しうるということを意味します。つまり、一対の男女のすまいかたが永続的であるか、あるいはひじょうに短時間的であるかということはとにかくとして、部落中のすべての男性が部落中のすべての女性と自然的な性関係を結ぶことができるという段階を想定すれば、男女の関係がそのまんま、いわば部落大に拡大しうることになるわけです。そうしますと、家族形態、つまり一対の男女における性的関係を基盤とする家族形態というものが、なにがゆえに、いわば集団的な共同性を形成することができるか、ということについてのひとつの回答になります。それで、集団婚の一段階が想定されているわけですけれども、なぜ、それじゃ集団婚というものが人間において、一段階といえるほどの期間持続する婚姻形態でありうるかというような問題について、エンゲルスは、人間の嫉妬からの解放、ことに男性の相互寛容というものを主要な契機としてあげています。

こういうかんがえ方は、よくかんがえてみますと逆なわけで、もしも現実的に集団婚みたいのが行なわれているとすれば、そのなかにおける人間の嫉妬感情というものはすくなくなるだろうというような逆なことはいえますけれども、人間の嫉妬感情がすくなくなったから、集団婚が一段階として想定できるほど永続性をもったというのはさかさまなわけです。それから集団婚が一段階として想定されるほど普遍性をもっていたかというと、けっしてそうではなくて、未開な種族でも集団婚をとっているところもあれば、そうでない形態を通過したところもあるというような意味でしか集団婚というものは想定できないということがあります。

問題はまずここのところにあります。なぜそういうかんがえ方がでてきたかといいますと、エンゲルスが性としての人間、つまり男または女としての人間というものは、経済的な範疇でいえば人間における最初の分業、つまり子どもを生むことにおける最初の分業で、最初の階級関係の発生というものはそういうところにあるといっているように、つまり自然的な性行為というようなもので性というものを想定する、あるいは経済社会的な範疇で性というものを想定すると、どうしても集団婚を一段階として想定しないと男女の関係がそのまんま部落の共同性に拡大しうる根拠がでてこないわけです。だから、おそらく集団婚を一段階として想定したのだとおもいます。ところが集団婚をとっている未開種族もありますし、そうじゃない未開種族もあります。また、集団婚なんていうように外からはみえていても、ほんとうはそうでないんだというような、そういう意味で否定する学者もいますけれども、いずれにせよ、根本にあるのは性としての人間というものをどういう範疇で扱うかという問題です。あきらかにエンゲルスは自然としての範疇あるいは経済社会的な範疇で性というものをかんがえたので、そういうものがある共同体を営むためには、たとえば部落中の男性と部落中の女性が関係することができるというようなことを想定しないと、ちょっとむつかしいところがあります。そうしますと、モルガン—エンゲルスのかんがえ方のどこが問題なのかということなんですけれども、それは自然的な性行為というばあいの性という範疇がかならず幻想の対《つい》というものを、観念として生みだすという問題をはっきりと想定にいれていないという点です。もしも男女の自然的な性関係というものが、それにみあった幻想のペアというものを、観念として生みだしていくとすれば、家族において自然的な性関係を根幹にしているという要素は、また観念性としては幻想の対というものを生みだしているということで、これは家族というものをかんがえていくことができるわけです。こういうかんがえ方をしますと、かならずしも一段階として集団婚を想定することはいらないことがわかります。

どうしてかといいますと、単純な家族でいってみますと、父親と母親の世代が根幹になります。そうしますと、もちろん父親と母親のあいだには自然的な性関係というものを基盤にした対なる幻想性というものはあるわけです。それから、もちろん、父親とじぶんの娘とか、母親とじぶんの息子とか、それから父親とじぶんの兄弟とか、母親とじぶんの姉妹の子ども、そういうあいだにも、自然的な性関係は存在しなくても、対なる幻想性というものは存在する、というふうに想定することができます。たとえば父親の世代と子の世代とのそういう対なる幻想性というような問題については、フロイトがよく追求して、また、これは人間にとってもっとも本質的な問題なんだというような、そういうかんがえ方をとっているわけです。これが、たとえば父親の世代と子の世代じゃなくて、兄弟なら兄弟のあいだでも、やはりべつに自然の性関係があるわけじゃないけれども、対なる幻想というものは存在するというようにかんがえることができる。これはどういう対なる幻想かといいますと、父親と母親の世代がなくなったときにほとんど崩壊していくような性質のものです。姉と妹というような関係における対なる幻想性は、やはり父親と母親の世代がなくなり、そしてじぶんたちが他の男性と家族を営んだときに、だいたい消滅するとかんがえることができます。

ところで、フロイトは世代的な、つまり父なる世代、母なる世代と子の世代というようなところで人間の幻想性の本質をかんがえていったわけですけど、いま、たとえばそういうことでなくて、兄弟と姉妹との対幻想というものをかんがえてみますと、これは父親の世代が消滅してしまってもかなり永続する性質をもっているということができます。また兄弟が、たとえばほかの女性と結婚し、姉妹はほかの男性と結婚するというような場合でもわりあいに永続する対なる幻想性であるということができます。

そうしますと、もしも母系制をとった一社会というものを想定していきますと、この、いまの単純家族の家族形態の発展というものは母系をもとにして発展して、制度がかんがえられていくわけですけれども、兄弟というやつは、この家族系列にたいしてはまったく別箇の系列に属するわけです。つまり、母系制社会ではなんらの関係もない別箇の家族というものを形成していくわけです。つまり、この幹の系列とはまったく関係がないものになっていきます。ところで、系列外におかれながら、しかし対なる幻想性としては永続性をもっていて、母系制ならばおなじ母親からでたということで、母親にたいしては一種の同体感をもっている、しかし家族系列としてはまったくべつのところにいってしまうというような、そういうことが想定できるわけです。

そうしますと、兄弟と姉妹とのあいだの対なる幻想性というものは、それだけが、家族形態というものを部落共同体のおおきさに拡大できる基盤だということができます。そうしますとエンゲルスのように、かならずしも集団婚というのを想定しなくても、まったく別系列に属する家族体系というものがそれぞれ発展していきながら、しかもそのあいだにはおなじ母親をもとにしているということにおける、兄弟、姉妹としてのわりあいに永続的な対幻想の関係というのは想定できる。そこで拡大されてかんがえられる兄弟、姉妹の系列を想定した場合には、前氏族的あるいは氏族的段階というものをかんがえることができます。性という範疇を自然的範疇あるいは経済社会的な範疇でのみとらえるか、あるいはそういう範疇はかならずそれに対応する幻想性を生みだすものであるというようなかんがえ方をとるかということで、集団婚を一段階として想定しなくても、だいたい家族形態というものが村落大の共同性をもつまでに拡張されることが想定できるわけです。

そういう問題を具体的に示している例をあげてみますと、ひとつはたとえばわが国の『古事記』の神話にでてくるアマテラスとスサノオの関係というのは、こういう関係を意味するわけです。そうしますと、未開な段階では、姉妹の系列というものが宗教的な権力というもの（日本の場合シャーマン的にいえば神がかりなんですけれども）をもっていると、その兄弟というものはいわば現世的な政治権力をもっている。つまり、氏族的あるいは前氏族的段階における共同体の形態として、姉妹の系列が宗教的権力をもっているとすると、その兄弟によって政治的、現世的な権力が掌握されるというような、そういうひとつの統治形態を想定することができます。これは、日本の神話のなかにおける基本的な構造になっています。こういう構造がかなり新しい段階で想定されたものが、いわゆる〈邪馬台国〉論争というような形で問題になっているものの本質にある統治形態なわけです。ところがそれは、ぼくのかんがえでは、わりあいに新しい形であって、もっとはるかにさかのぼることができるだろうとかんがえられます。

もうひとつそういう例はあるわけです。これは日本の南島で久高島というのがあるんですけれども、この久高島は、九州にもいわゆる天孫降臨の地とかなんとかいっているところがあるのとおなじように、琉球における天孫降臨の地というふうにいわれている島なんです。ここで行なわれている宗教的な行事に〈イザイホウ〉あるいは〈エザイホウ〉といわれている村落の共同祭式があります。それはどういうのかといいますと、部落における女性はある年齢、ある段階でかならず、どこに住んでいても十三年に一度はこの共同祭式に参加しなければならないことになっている。参加しなければ島における発言権といいますか、そういうものはもたないというようなことになる共同祭式があるわけです。それは十三年目に一度やってきて、そこで行なわれる祭儀というのは、部落から離れた森のなかに宮をつくって、四日間くらいその裏の共同宿舎に宿泊して、家には帰らないで、ここでいっしょに神うたを唱えたりなんかするわけです。その祭儀の最終の日にどういう象徴的な儀式が行なわれるかというと、部落の最高の巫女が、四日間目まで祭儀をすました女性の額と頬に印をつけるのです。もうひとつ特徴的なことは、四日間目になりますと、その祭儀に参加した女性は結婚しているひとも未婚のひともいるわけですけれども、その兄弟というものが雑穀かお米かでつくった団子をもってゆきまして（これは夫がいる場合でもけっして夫ではなくて兄弟なんです）、それでもって、一種の洗礼とおなじような印をつけるのです。

そういう形をもとのほうへさかのぼっていきますと、部落における最高の巫女というものがいわば神権をもっていて、その兄弟が現世的な意味での政治権力をもっていて、神権から現世的な権力へある力が授受される形式がここで想定されるわけです。そしてこの島は、もちろん稲作はできない。雑穀の栽培とそれから島ですから魚とりなんですけれども、それでもって生活しているひじょうに貧寒な島ですから、ここでのこういう祭儀の形式をさかのぼれるだけさかのぼったとして、稲作以前の段階における、つまり農耕社会以前の段階のところまでさかのぼって想定することができます。こういう統治形態、政治権力と宗教的権力との結びつきあいの想定というものがかなり古いところまでさかのぼることができるんじゃないかということが推定されます。

もちろん『古事記』の神話のなかにおけるアマテラスとスサノオの関係というものも

まさにそういうふうに位置を規定されています。そういう関係は氏族的または前氏族

的な段階における共同体まではかならずさかのぼることができるわけです。そこでは

こういう統治形態が実際的に行なわれていたと想定できます。

そこからはまた国家をどういうふうに定義するかという問題がでてきます。その場合、統一的な部族社会が成立したとき、いいかえますと、すくなくとも家族形態を基盤にする、つまり血縁を基盤にする共同性じゃなくて、血縁以外のもの、たとえばそれは土地所有なんですけれども、土地所有なら土地所有を基盤にする統一性をもった部族社会が成立したときに、われわれはそれを国家というふうにいうわけなんです。つまり、こういう段階はいわば前氏族的あるいは氏族的段階というふうにかんがえられていいわけで、あるいはそういうところに発生の起源をもっているというふうにいっていいわけです。われわれが共同の幻想性を国家とよぼうとする場合には、統一的な部族社会を形成したときに、それを、原始的な形態ですけれども、最初の国家の形態というふうによぶことができます。そうしますと、だいたい統一的な部族社会が形成されたとき、わが国だったら、いわば農耕的な社会にはいってきているわけです。ここではなんらかの理由で、稲作を基盤にした農耕的な社会が形成されてきたわけです。そこではじめて国家というふうによぶことができるわけです。

そうしますと、前氏族的な段階における国家の共同幻想性というものと、こういうふうに想定される統一部族的な社会における共同幻想性というものとはどういうふうにして移りかわっていくのかということがひとつの問題になります。前氏族的なあるいは氏族的な社会から統一部族的な社会へ転化するという観点は、経済社会的な範疇でとらえていけば、発展形態であるわけですけれども、幻想性の問題として、つまり、国家の起源をなす本質というものとしてかんがえていった場合には、けっしてたんなる発展性ということがいえないことがわかります。その場合どういうふうにして発展するかが問題になるわけですが、そこではじめて法というものと道徳というもの、倫理というものの問題が生まれていくとかんがえられます。

未開社会の法はだいたいぜんぶ刑法からはじまるわけですけれども、日本における法の古い形態はなにかといいますと、それは天津罪というふうにいわれているのと国津罪というふうにいわれているものがあります。これはすくなくとも日本の国家段階に移行するばあいの最初の法的な概念なのであって、天津罪というのは、農耕に関する共同性への侵犯であり、国津罪というのは婚姻法的なものを中心にして呪術的な要素が加わったものです。婚姻法的なものというのはたとえば近親相姦の禁止で、呪術的な要素に属するものは、たとえば高津鳥の禍というのがあります。それは要するにからすかなんかが飛んできて、たとえば作物をどうしたとかこうしたとかというような場合には、それはひとつの鳥の禍なんです。なんかたたりがあるんだということになるわけです。そういうような呪術的な要素に加えられるものが国津罪だという概念なんです。

天津罪という概念と国津罪という概念が要するに古代法というものの問題になってくるわけですけれども、この法の問題がはじめてあらわれてくるのは、前氏族的なあるいは氏族的な段階における社会の共同幻想から、統一的な、すくなくとも部族社会へ転化する場合、いわばその転化の時点でこのふたつの範疇の罪の概念、したがって刑罰の概念というのがはじめてでてくるわけです。その場合にたしかにいえることは、この天津罪という概念に属するものは、より高度な法的な表現であるということなんです。つまり高度な段階における法的な表現であって、その前段階における共同幻想の法的な表現は、だいたい国津罪という概念に属するものであるというふうに想定されるわけです。いわば自然的範疇に属する罪という概念がすべて国津罪なんです。そうすると前段階におけるものが国津罪という概念であり、またそれにたいする罰ということなんで、それからもうひとつ段階がすすんで、いわば農耕社会の成立段階というような問題になったときに天津罪という概念に属する共同幻想の法的な表現というのができあがったとかんがえられます。ここで問題になるのは、前段階における共同幻想性と発展した段階における共同幻想性というものとはどんなかかわりあいかたをするかということです。

法的表現でいいますと、まず国津罪、天津罪というような概念のわけかたができたのはわりあいあとのほうなんですけれども、『古事記』のなかにはだいたい両方を混交したような、農耕法的な罪概念と自然的カテゴリーに属するような罪概念との混交したものがはじめにでてきます。そのほうがより古い段階でかんがえられた罪の概念だというふうに想定するとすれば、天津罪という概念に属する農耕法的な段階が、いわば後段階であり、前段階が国津罪の概念に属する、そういうような共同幻想の段階だったということがかならずしもいえません。ほんらいならば、その前段階において存在したのは、いわば農耕的な侵犯に属する罪概念と、自然的カテゴリーに属する罪概念との、ふたつを混交したものを、前段階における共同幻想というものはもっていただろうとかんがえることができます。そして、それがつぎの段階にいわば農耕社会、つまり稲作みたいのを主体にする農耕社会に転化したときにどういう転化の仕方をするかといいますと、前段階がもっていた農耕法的な要素は、いわばあとの段階、発展した段階における共同幻想の法的表現としてとりこまれていくわけですけれども、たんなるとりこまれではなくて、それをとりこむにさいしては、農耕法的なものでなくて自然的なカテゴリーに属する罪概念というのを、家族集団をしぼる風俗とか風俗的な習慣とか、それから家内信仰的なものとか、あるいは宗教的な慣習とか、そういうような位相に蹴落とすことによって、農耕法的な要素だけは発展した段階において採用されていっただろうとかんがえるのが自然であります。そうしますと、採用された結果としてでてきたものが、すこし時代を下ってから天津罪という概念と国津罪という概念にわけられたとかんがえられます。これが『祝詞』なんかでみられるわけかたです。つまり、国津罪というのは前段階に属し、天津罪というのはあとの段階に属するというような、そういうことでなくて、ほんらいは両者を混交したようなものが、いわば前段階の共同幻想の法的表現としてあり、そのなかの農耕法的な要素というのはつぎの段階に包括されていき、そして包括される過程で、それ以外の要素、がんらいが自然的カテゴリーに属する罪と罰意識というのは家族集団を規制する、いわば法以前の習慣みたいなものに落とされたことが想定されます。

こういう想定によれば、経済社会的に前農耕的な段階から農耕経済へ移行していくというような、たんなる移行とはちがいまして、法がみずからみずからの意志を疎外していく、そういう形態によってしかつぎの段階の法的な表現になっていかないというような本質を、共同幻想の発展形態というものは、もっているということがいいうるわけです。つまり、幻想としての国家というものを幻想の構造としてあつかわねばならないという問題意識は、経済社会的カテゴリーにおける共同体の発展段階と、幻想性における発展の仕方というものとはかならずしも一致しないという理由からです。

そして、一致しないけれども、そこに法則性というものをたどれるとすれば、いまいいましたように、前段階における農耕法的なものはこっちへ包括され、そしてその包括されるということによって、それ以外のもの、つまり自然的カテゴリーに属する法的な概念は、いわば習慣法みたいな、法的表現以前に近いような形に転化されていくというような、そういう転化のされかたをして、だいたい共同幻想というものは展開されていくとかんがえることができます。そして、天津罪という概念と国津罪という概念がだいたい明瞭に分離されていったときに、統一的な部族社会の成立、つまりいわば起源国家の成立というものをかんがえることができるわけで、そこではじめて法という概念がひじょうに明瞭な共同幻想の表現となってでてくるのです。『古事記』神話のなかで最初に天津罪に属する刑罰を受けるのは、さきほどいいました兄弟、姉妹という概念における姉弟に該当するスサノオですが、追放されるわけなんです。追放されて、神話のなかでどこへゆくか、これは出雲系の社会へゆくわけなんです。つまり出雲の国へゆくわけなんです。そして、スサノオというのはそういう天津罪的な侵犯をやって追放されることによって、出雲系統に接続されるというのが、日本の神話における基本的な構造になっています。なぜ、そういう罪の侵犯をやって追放されるか、それから、なぜ追放されて出雲系へ接続されるかというようなふたつの問題が、日本の神話のなかで基本的な問題なんです。農耕法の侵犯を統治者の兄弟がやるというこの形態は、最初にいいました日本における宗教的な権力と現世的な権力とのかかわりあいかたの問題を、すくなくともここで象徴しているということがいえます。それからもうひとつは、そういう意味で追放されたやつが出雲系の農耕社会へいって、そこのいわば始祖という形になるわけですけれども、どうしてそこへゆくのかという問題は、すくなくともこういうことを暗示します。この統治形態がもっている前農耕的な権力形態というものと、それからいわば出雲系の土着の農耕部民というようなもの、それから、その他あるわけですけれども、そういうものと結びつけることで、いわば大和系の支配を出雲系に結びつける。それからもうひとつは、たれが農耕技術をもたらしたかということはわかりませんけれども、農耕法というものを土着系と大和系との支配・被支配という関係で結びつけるというような問題意識がここに存在していることがわかります。これがいわば最初の法的な問題のなかにかくされている問題です。

ところで、大和朝廷系というのはどこからきたのかということはいろんなことをいう学者がいてわかりませんけれども、それはこの場合は必要ないんであって、われわれがさかのぼりうるかぎりでは、姉妹が宗教的な権力をもち、その兄弟が現世的な権力をもつというような形態は、前農耕的な段階の遺制として存在したということが重要とおもわれます。それが土着の系統と結びつけられる、つまり農耕社会と結びつけられるような段階になったときに、はじめて対概念における天津罪概念、国津罪概念の明瞭な分離がおこり、国津罪概念はいちおう私法あるいは習慣法というふうな段階に蹴落とされ、そしてだいたいわれわれがかんがえられる起源的な国家の法的権力の表現が天津罪概念としてはじめてでてきたというようなことが想定されうるわけです。なぜ、どこからそれがきたかということはなかなかいえないし、またどこで混合しているかということもなかなかはっきりと分析することができませんけれども、すくなくとも原理的にわかることは、農耕社会へ突入していく段階での共同幻想の転化の仕方、移りかたは、包括されうるものは包括していきながら、そして包括されない部分は私法的あるいは習慣法的な概念のところへ落としていくというような形で、法的表現を最初の国家が完成していったとかんがえられることです。

もうひとつ問題になるのは、道徳という問題はどこでどういうふうに発生するかということなんです。個人の内部を律する道徳律みたいな、つまり内面的な格率みたいな形で道徳というのが発生するのではもちろんなくて、道徳の最初の発生形態はどこにあるかといいますと、前農耕的な段階における共同幻想というものがつぎの農耕的な段階における国家の共同幻想へ転化していく、その過渡の問題としてはじめて共同的にでてくるということです。だから、けっして個人を律するものとして、個人の内面律として道徳がでてくるのではなくて、つまり前段階における共同幻想性というものが、発達した段階における国家の共同幻想性へ転化していく最初の過程における、いわば矛盾というようなものとして道徳の発生がかんがえられます。

日本の神話のなかではスサノオというのが、やっぱり道徳の発生についても象徴的なに仮託された人物です。たとえば最初に、イザナギとイザナミが生んだ子どものなかでアマテラスとツクヨミとスサノオがいて、アマテラスにはタカマガハラを治めよ(これは天を治めよということなんですが)、ツクヨミには夜を治めよと、スサノオには海を治めよというわけです。その場合にスサノオだけは承知しないわけです。承知しないで、まあ神話の表現では泣いているわけですけれども、どうして泣くのかというと、おれは海の国へなんかゆきたくない、妣の国、黄泉《よみ》の国へゆきたいから泣いているんだというわけです。それで、おやじであるイザナギから追放されるのです。そのばあいの追放には罰はともなわないわけですけれども、妣の国、黄泉の国へゆきたいというような問題は、時間概念としては他界ということを意味するわけですけれども、空間概念では、依然として出雲を意味しています。つまり、おれ海を治めるなんていうのはいやだ、空間的には出雲へゆきたいということなんです。つまり農耕系へゆきたいということなんですけれども、それは一種の母系というものが想定されるわけで、そういうところへゆきたいと泣いていて命令をきかないというので追放されるわけです。スサノオは、前氏族的な段階における、あるいは未開な段階における統治形態の現世的な担い手というふうに規定されながら、しかもそれがつぎの農耕社会、つまり農耕社会における共同幻想に結びつけられています。つまりこの共同体の転化をがえんずるかがえんじないかという問題に結びつけられたときに、倫理の問題あるいは道徳の問題というのが象徴的にでてくるわけです。だから、神話の一人物、人格というのはべつに個人ではないという意味だけじゃなくて、まさに共同幻想の展開していく段階における、いわば過渡的な矛盾というようなものとして、はじめて倫理の問題、あるいは道徳の問題というものが発生しているということがわかります。だから、最初の統一部族的な共同幻想というもの、いわば国家というものをかんがえる場合に最初にでてくる問題は、法の問題、それから個人の内面律としてじゃない、共同幻想対共同幻想の問題としての道徳の問題であるということができます。

それでこんどは、いったん統一部族社会、つまり国家の形態にはいったところの法というものが、そのなかでどういう問題をはらんでいくかということが問題になります。こういう段階における天津罪とか国津罪といわれている農耕法的なもの、あるいは自然的カテゴリーに属する刑罰、いわゆる罪罰《つみばつ》概念というものですけれども、そのなかにはふたつあるわけで、ひとつはあきらかに罪を犯したならば罰を受けるという概念なんですけれども、追放されるときになんか物件を代償としてださせられ、そうしておいて、また手の爪かなんかを切られるわけです。つまり刑罰を受けて、そのうえで追放されるというふうになっています。もうひとつは、文字とおり刑罰行為じゃなくて、なんといいますか、清祓《せいばつ》といいますか、祓い清めによってなんか罪が解消されるという概念が、最初の法的な概念に移行する場合にあらわれてきます。で、その祓い清めるというのはなにか。具体的にいいますと、ひとつはどこかけがれた国へいった場合（イザナギというのはそうなんですけれども）、けがれているとかんがえられているものを、身にまとっているものをぜんぶとっちゃうわけです。とっちゃって、それで、お祓いをして体を洗い清めるというような、そういうものがだいたい祓い清めという概念のなかにはいってくるわけです。その場合に、実際の刑罰の場合には、具体的になんか物件を代償としてださせられたうえで、追放されるということになるわけですけれども、清祓の場合には、なにが共同体にたいして支払わされる物件に相当するかといいますと、けがれというふうにかんがえられているもの自体が相当するわけです。それはまったく幻想なんですけれども、けがれを祓うということは、物件を代償するということとおなじ概念になります。つまりけがれたものが物件に相当するわけです。つまり具体的、現実的な法における罰則に、ちょうど祓い清めという概念が該当するわけです。それは法と宗教の中間にある概念ですけれども、その中間にある概念ではけがれたとかんがえられているそのものを身体からはずしてしまうので、けがれが刑罰における物件に該当するわけです。この場合にはべつに具体的なものでないわけで、まったく幻想なんですけれども、そいつをとっちゃうということは、いわば物件を支払うということとおなじ概念として提起されていることがわかります。だから、もし宗教から法へ転化していくばあいの転化の仕方において、法的な概念が、いわば刑罰というものと、それから清祓ということからなっているとすれば、この祓い清めの概念はなんか法と宗教の中間にあるようなもので、法というものを、たとえばそれは権利義務の問題であるというふうにかんがえるならば、祓い清めにおいてけがれているというふうに未開社会で感じられているものが物件というものに相当していくわけです。

もちろんこのふたつが分離されてゆく仕方もしだいに明瞭になっていって、刑罰概念というものは、たとえば政治の現世的な権力というものに結合されていくわけです。刑罰概念というのは一般に宗教的な概念をどんどんはずしていった場合には、権力概念のなかにそれ自体がどんどん吸収されていきます。吸収されていって、まさにそれは、法というものは権力自体の表現だというふうに、つまり権力自体の意志表現だというふうに転化してまいります。この罰則概念は最初は物件を補償し、それで追放されるというような形で存在しますが、その侵犯自体の意味が他人にたいする、他の田んぼにたいする侵犯というような概念から、権力自体のなかに吸収されて、共同幻想にたいする侵犯というような形になって、この関係は、ひとつの垂直的な概念に転化していくわけで、それ自体が、刑罰概念、補償概念というものをどんどん権力意志そのもののなかに吸収され、権力構成自体に転化していくようになります。『古事記』でもあとのほうの段階になってきますと、天皇のあぶないときに食糧を盗んだ老人がいるわけですけれども、その老人はだいたい斬られちゃうわけです。それから一族のものもやっぱりおなじような意味の刑罰を受けるわけです。たとえば膝の筋を切られるとか、そういう刑罰を受けるわけです。そういう段階になってくると、もうすでに刑罰の問題のなかに、空間性というようなものが存在しなくなっていって、まさに空間的な侵犯であり、たとえば農耕法的な侵犯であろうと、それは権力自体にたいする侵犯であるというふうに、垂直概念に転化してしまいます。それから国津罪という概念に属する自然的カテゴリーの罪の概念でも、だんだん後世になっていきますと、たとえば軽皇子の兄妹相姦のばあいのようにすでに兄が流刑されるというような形に転化してしまいます。これは、もともと自然的カテゴリーに属していた場合には、おそらく祓いに該当する罪であって、けっして具体的な流刑とか処刑とか、そういうことをともなわないわけですけれども、これ自体が、後世になってくると、流刑されるというような形で権力体系自体のなかに吸いこまれてしまうというような面がでてきます。そしてこのばあいの挿話ではなにが罰則に該当するかというと、とにかく権力の後継者たることを禁止されるわけです。つまり後継者から下ろされ、それからもうひとつは、具体的にどっかへ流刑されるというような形になって、神話のなかでは兄妹心中して死んじゃうというようなことになっています。法的概念というのはそういう形で、権力構造自体のなかにどんどんどんその構成として吸収されていっちゃうというようになります。原始的な段階からもうすでに共同幻想というものが、垂直概念になって、それは権力にたいする侵犯であるかどうかというような問題に転化されていくわけです。

統一部族国家の成立というものが、現在邪馬台国論というような形ででてきているわけですが、この場合日本列島全体あるいは九州を統一しているかどうかが問題なんじゃありません。国家の最初の概念は、すくなくとも共同体というものがなんらかの形で血縁的な共同体の段階から離脱したときに、はじめて国家というふうにいえるということが問題なのです。国家の起源ということは、日本列島を総轄する単一な国家の成立ということとも、九州に邪馬台連合が成立したということとももちがうわけです。そこで、法の問題がどういう形であらわれるかというようなことが問題になり、それから法というのはどういう形で、いわゆる刑罰行為、それから清祓行為というものを吸収していくか、とりいれていくかということが問題になってきます。共同幻想というものがどう移っていくかという問題はどうしても本質的には法というものではかるよりしかたがないわけで、法というものはどういうふうに移っていったかということが問題になってくるわけです。法がそれ自体権力における意志であるというふうに転化しうる要素は、法的な概念、侵犯の概念が垂直性に転化されてふくらんでいくところにあらわれます。

日本の国家における共同幻想の最初のありかたはどうだとか、そこにおける法の最初の形態である罪と罰の関係、それは天津罪と国津罪という概念にわかたれているわけですけれども、そういうわかたれかたのもとにあったのはどういうことなのかというような問題について、現在でもけっして確定した説が存在するわけではありません。なぜ存在しえないかというと、いろんな実証的なデータが不足ということもあります。もうひとつは国家の起源じゃなくて、種族というものがわからないわけです。それがわかるためにはデータが不足しているというような問題があります。それからもうひとつの問題は重要なことで、今日のお話しはそういうことだけ伝えられればいいというくらいのものですけれども、国家の本質的な発展段階をかんがえていく場合に、そこにおける明瞭な理論的な把握がないということです。つまり原理がよくわからないのです。つまり、前段階における共同幻想性というものから、最初の統一部族社会における共同幻想性というものがどう導きだされるかというような問題が、もちろん実証的にも確定しないし、原理的にもよくわからないということがつきまとっているのです。

これはべつに起源国家の問題だけではなくて、日本の近代国家というような場合、つまり近代天皇制というような問題についてもいえます。わたしたちは旧講座派的な天皇制理解にも旧労農派的な天皇制理解にも、やはり同意できない点があるのです。だから、明治維新論というようなものをやる場合、明治維新とはなんだというようなこと、どういう革命の成就であり、また挫折であったかというような問題をかんがえる場合にも、やはりいっぽうではどうしても、たとえば前段階における幕府法と諸藩における法との関係はどうなっていて、その法的な表現が、明治の統一近代国家というようなものによってどういうふうに転化していっているのかというようなことを具体的にせめていかないと、明治維新というものの性格がほんとうにはわからないんだということとなんです。まあ近年、各藩の藩法みたいなのが、たれでも金さえあればそれを読み、調べることができるというようなふうに公刊されだしたのは二、三年前ですから、幻想性としての国家というものが明治維新なら明治維新でどういうふうに転化したのか、なにが革命だったのか、そういう問題についての国家本質としての理解というのはいまだになされていないということがいえます。これは現在の問題、つまり戦後の問題でもおなじことになっていくわけで、そういう問題意識というのが具体的な形で達成されていくというようなことはこんごにまたなければならない状態です。

国家起源の問題でもそうなんであって、原理的にどうなるのかというような問題がつかめないと同時に、実証的にどうなっているのかというような問題がつかめないというところで国家の問題が論議されております。

共同幻想というのは、法なら法というような形ではじめて具体化の糸口をみいだすわけで、その具体化の糸口というものは起源にさかのぼっていけば、まあわれわれのしりうるのはたかだか数千年というところをでません。その数千年のなかでだいたい原則的に確立できるだろうという問題は、今日お話ししたように、つまり、国家が家族というものを通過して結晶していく過程です。けれども、家族理解というもののなかにすでに最初の問題がでてくるわけで、家族理解の問題で最初に明瞭な原則性が提出されなければ、それは国家起源の問題でも、また国家学説の問題でも、やはり依然として経済社会構成というものと人間の生みだす観念世界の共同性の問題とをあいまいな位相で折衷するというような形でしか国家論というようなものは展開されていかないとおもいます。だいたい、国家の起源の問題なんていうのは、もし原則性がよく把握されていないと、みてきたようなうそをいいというようなことになってきちゃうわけです。たれもみてきたものはいないわけですけれども、みてきたようなうそをいいというようなことを免れる唯一の方法は、実証的データがとり揃えられる段階がくるということと、もうひとつは、原則的な、原理的な意味で幻想性にたいする正当な把握がなされるっていうこと。そういうことが重要であります。

そういう問題は、古代法あるいは古代社会史の学者たちの論議のなかにはみつけだすことができないので、おれはこうおもうということをいっているにすぎないわけです。まあ最近でいえば、西郷信綱さんの『古事記の世界』というふうなものが岩波新書ででていますけれども、読んでみてぼくらが納得できるのは一か所くらいしかありません。おなじことが、ぼくが今日しゃべったことについてもいえるかもしれません。だいたい、相互にみてきたようなことをいっているという意識をどうしても免れない。しかし、それをうそじゃないはずだというふうに救済する方法は、やはりいまの段階では必要なんで、そういうことにたいする原則的な、あるいは原理的な理論がはっきりされなければならないことはたしかであります。

だいたい各人各様、それぞれ都合のいいところへ引証をひっぱっていって、都合のいいように解釈しているというのが、国家の起源についての現在の研究段階であるといえます。それからもうひとつは、国家とはなにかというような問題についての本質理解というものが、まだ依然として未開の段階にあるということです。この問題は、ぼくらの問題意識としては、共同幻想性についての考察ということになるわけですけれども、去年ここへまいりましたときからかんがえがすすんだところを今日お話ししてみたわけです。なにせ問題が七面倒くさいですし、あまりしゃべるのがじょうずじゃありませんから、うまく伝えられたかどうか疑問ですけれども、ただ本質としての国家の構造を解明していく場合には、原理的あるいは原則的な把握の仕方が必要だというようなことが、まあ伝えられればいいんじゃないかとおもいます。いちおうこれで終わらせていただきますから、あと、なんか討論があるとおもいますので、そのときにお話ししたいとおもいます。

（昭和四十二年十一月二十六日　関西大学）

国家論

自立思想の形成についてというような、そういうようなことと、それからもうひとつは国家論ということなわけで、そういうことはぼく自身のなかでは、もうはじめから統一的に形成されているわけですから、まず国家論ということでお話ししていきたいとおもいます。

さいきん、特にいろいろな意味で国家論というものが、いろんな人によって一応かならずふれなければいけない、つまりふれなければ一人前じゃないみたいな感じになって行なわれているわけです。そのなかで、たとえば津田道夫さんの『国家論の復権』というようなものみたいに、直接ぼくの書いた文章にたいする批判というような形でなされているそういう国家論もあります。それから、そうじゃなくてもいろいろな意味でそれぞれの国家論というのがなされているということ、それで国家論というものをどういうふうに提出するかということは、そのこと自体で、その人の立場といいますか、立脚点というものをはっきりさせちゃうというような、そういう要素をもっているわけです。

レーニンの『国家と革命』いらい、いわゆるマルクス主義国家論というものは、ひとつの系譜みたいに存在するわけで、レーニンの国家論というものを、どうかんがえるかあるいはどういうふうにそれを修正するかとか、そういう問題意識というものは、日本のマルクス主義者の場合でも歴史的に行なわれているわけで、そういう国家論自体というものは、けっして歴史的にみても不在ではないわけです。つまり、行なわれてきているわけです。そういうもののなかで、ぼくなんかがとっている問題意識といいますか方法意識といいますか、そういうものはいくらかちがっているものですから、いくらかちがっているところでお話しする意味というものもあるんじゃないかというふうにかんがえます。

ぼくなんかがどういうふうに国家論をやろうとしてきたかといいますと、要するに共同幻想論というような形で国家論をやろうとしてきたわけです。共同幻想論というふうにかんがえていきますと、だいたい国家というものだけではなくて、たとえば法とか、個人宗教じゃない宗教ですね、共同宗教といいますか、そういうようなものとか、それからもっと次元をちがえていいますと、なんといいますかね、風俗、習慣、風俗というのはおかしいですけれども、習慣律といいますか、習慣的に、ある共同体の範囲で行なわれている、つまり、べつにとりきめじゃなくても自然に遵守されているというか、そういう習慣、まあ宗教的習慣とか家族習慣とか、そういうものがあるわけですけれども、そういうようなものも共同幻想というようなものにふくまれてくるわけです。だから一応国家論というものに、たとえば一定のマルクス主義的な学説のながれといいますか、そういうものがあって、そのなかでそれをいじっていくっていうような問題意識ではなくて、共同幻想論という形で、つまり国家論自体を共同幻想論というなかに吸収していくというような感じで、そういうかんがえ方をとってきて、つまりそういう展開のしかたをしてきているわけです。この問題意識というのは、もちろんほかのもろもろの国家論というものとちがうわけで、そのちがい方というのはどういうところかというと、これはある程度なんていいますか、情況判断といいますか、そういうものにもかかわってくるわけですけれども、ぼくらの問題意識の根柢にある情況判断というのは、ひとつのマルクス主義的な国家学説というものがあって、そのなかでどれが正統であるとか、どこが正しくてどこがまちがっているとかというような形でそれをいじくりまわすといいますか、そういうような問題意識の段階では、現在における情況というものの奥深くにあるひとつの核といいますか、そういうものにとうてい到達しえないだろうという、そういう問題意識があるわけです。

つまり、その程度のレーニンの国家論というようなものを修正するとかどうするとかいうような、そういうような段階のかんがえ方といいますか、問題意識では現在の世界情況における核というものに、とうていくさびをいれるといいますか、そういうことができないだろうという、そういう問題意識というものがあるわけです。だいいちそういう問題意識自体が、日本のいろんな種類のマルクス主義者がいるわけですけれども、そういう人たちとぼくなんかとは全然ちがうというようなことがいえます。だから、一応国家論というようなことで問題を出すのではなくて、共同幻想論というような形で問題を出して、たとえばそのなかに、低次元のことでいえば風俗、習慣律みたいなものから、つまり慣行律みたいなものから、法みたいなもの、それから共同性としてある宗教みたいなもの、それから総じて共同の幻想性といいますか、共同性の幻想に属する、そういうようなものを包括的にとりあつかっていこうじゃないかというような、そういう問題意識がぼくなんかがとっている問題意識です。だからその根柢にある立場といいますか、情況認識といいますか、そういうものというものはまったくほかの人とちがうだろうということ、つまり、ぼくらは現在における諸思想というものの崩壊を、わりあいに深刻にといいますか、決定的なもんだというふうにかんがえていますから、そういうところでまず問題意識がちがってくるというようなことになっていくとおもいます。そういうことで、そういうひとつの立脚点といいますか、そういうものから国家論というものはどういうふうに提出されるかというような問題をお話ししていきたいとおもいます。

ひとつの問題は、国家というものの発生といいますか起源といいますか、そういうようなものをどういうところにおくか、つまり、どういう条件が整ったときにそれを発生期の段階における国家であるというふうにいうかというような問題が、まず第一にあります。つまり、この問題というのがかなり重要だということは、エンゲルスの『国家の起源』みたいな、そういう古典的な著書というものをみるまでもなく、実際問題としても相当重要なことだということがわかります。たとえばね、例をあげますと、ジャーナリズムでいろいろさわいでいますから、皆さんもすこしはご存知かとおもいますけども、たとえば邪馬台国論争なんてのがあるでしょう。日本の進歩的歴史家、古代史学者というものの問題意識というものをみますとね、つまり邪馬台国連合みたいな、どのくらいでしょう、二世紀から三世紀頃だとおもいますけれども、その邪馬台国連合みたいなものをどういうものとして位置づけるか、どういう国家として位置づけるかという段階になると、原始民主制国家というふうに位置づけるたとえば井上光貞みたいな人がいるわけですけれども、そういう人とか、古代専制国家というふうに位置づける人とか、そういう人がいるわけなんですよ。そういう人というのは、わからないわけですよ。古代というのはなんだ、原始というのはなんであるかというのは全然わからないわけです。つまり、専門家というものが、だいたいそういうものがわからないという段階にあるというようなことがあるわけです。

つまり、そういうことはどういうことかといいますと、だいたい国家というものの起源といいますか発生といいますか、そういうものをどういうところで特徴づけるか、つまり、どういう条件がそろえば国家というふうにみなすかというような、そういう問題というものが明瞭にないですから、だからそれは邪馬台国みたいにせいぜい千何百年とおもいますけれども千何百年前の歴史書に記載された国家連合なんですけども、そういうものを原始民主制国家みたいにおもったり、古代専制国家というふうにおもったりしてしまうわけなんです。そのことは要するに、国家というものをどういうふうに、つまり初原的国家といいますか、発生的国家というものをどういうふうにかんがえるかということについての明瞭なものがないということを意味しています。それが現在の日本におけるプロの、プロといいますか、専門の古代史の学者、研究者の問題意識の段階というふうにいえます。そういうような段階にあるということの一事からわかるように、だいたいにおいて国家というものをどういうふうにかんがえるかというような、そういうことが、だいたいはじめからよくわかっていないというような、そういうことがあるわけです。

だからそこで、発生期の国家というもの、それから起源としての国家というものが、どういう条件が整ったときに国家とよびうるかというような問題意識が、まず問われねばならないというようなことがあります。そういうことはべつにむずかしいことでないわけで、共同体というものがいろいろな経済生産構造のうえにたっているわけですが、血縁の共同体、つまり家族的な血縁によって結ばれた共同体というものが、血縁でない構成員によって結ばれた共同体に転化したときに、それを国家というわけです。それは、だいたいにおいて、なにが血縁にかわるかといいますと、それは初期のたいてい土地に関係があるわけですから、土地ですね。つまり土地所有といいますか、土地類縁といいますか、つまり、血縁にかわるものとして土地類縁というようなものがでてくるわけですけども、そういう土地類縁というものあるいは土地所有というようなものによって共同体が結ばれたとき、また過程からいいますと、血縁集団というもの血縁共同体というものが、どういう理由からか、血縁以外のものによって結ばれる共同体に転化したときに、それを発生期の国家というふうによぶわけです。つまりそれは、血縁集団による共同体というものが、ちがうものを基盤にして共同体が結ばれるようになったとき、すくなくとも現実の国家とよべるものが生ずるかどうかは別問題なんですけれども、そのときにその共同体というものは、国家というふうによべるわけです。それが要するに国家なんです。つまり、ひじょうに初原的なといいますか、発生期の状態における国家というものであるわけです。

そうしますと、この国家というのは、たとえば日本でいいますとね、まあとにかく、だいたい数千年ぐらい、数千の数というのもまあだいたい五千以上ですね、数千年というふうに想定したほうがいいというふうにおもいます。つまり、日本における国家の起源というもの、発生というものをそういうふうに想定したほうがいいとおもいます。だから、せいぜい千数百年という邪馬台国連合というようなものは、もちろん相当高度になった国家というふうにいうことができます。だからそんなところには、べつだん、国家の起源なんていうものは存在しないわけです。だから、なんかすごいでしょう。中央公論やなんかから出ているいろんな歴史講座というようなものがあるでしょう。何十万も売れるそうですけれども、ああいうのはひじょうによくない本だとおもいますけどね。（笑）いや、売れるからよくないんじゃなくて（笑）そういうことはわかんないです。わかんないのに、要するにわりあいにくだいて通俗的に書いてあるわけですよ。ひじょうによくないとおもうんですね。そういうような本を学者が書いているから学生は勉強しねえということになるとおもうんですけどね。

だからそれは、全然、問題意識というものはちがうわけです。つまり、ひとたび共同体が血縁を基礎にする共同体の段階を離脱したとすれば、それは国家というふうによべるものであるということ、つまり、よべるものであるということは、具体的に現実的にそのときに、その段階で国家というものにふさわしいあれができたかできないかっていうことは、またこれは実証しなければなりませんが、しかし要するに、そういう条件が完備したということになります。だから、それを発生期あるいは国家の起源というふうによぶことができます。

そうしますと、血縁集団というようなもの、つまり家族、親族集団みたいなものですけれども、なぜ家族、親族集団というようなものが、それじゃ血縁ではない土地所有なら土地所有というものを基盤にする共同体、つまり国家というものになぜ転化するかというようなことが問題になってきます。その場合に、転化の契機をなすものというものはね、なにが契機になるかというふうにかんがえていきますとね、それは婚姻制ですね。婚姻形態におけるなんていいますか、男女の性的な結びつき方ということですけども、兄弟姉妹婚というものが、もし共同体によって禁制とされるならば、それは血縁集団の解体の契機になりうるということなんです。つまり、血縁集団の共同性というものが、より高次なといいますか、より高次な土地所有関係による共同体というものに転化しうる契機というものは、兄弟姉妹婚というものの禁制ということなんです。つまり、兄弟姉妹のあいだで性的自然行為というものがタブーとされるならば、それは、最初の共同体が高次になっていく契機になるわけです。

なぜかといいますとね、たとえば兄弟姉妹婚というものが禁制になっていきますと、たとえば兄弟姉妹の世代において、それが母系制をとっていた社会だとすると、そうすると姉妹の系列が家族にとって正統な系列ということになるわけですけれども、そういうふうに正統な系譜というものが、姉妹がたとえばじぶんの種族あるいは種族外の男性と婚姻して家族の正統な系列というものを、ずうっとついでいくというようなかたちになります。それにたいして、兄弟というものは、同じ母親と父親というものを想像しますと、兄弟というやつはその正統な、つまり同じ父親母親を系譜とする正統な家族体系というものからまったくちがうところで、ほかの部族の女性または部族内の女性と婚姻するというような形をとるわけです。そうしますと、ひとつの家族における系列にたいして、それが母系制なら姉妹の系列なんですけども、姉妹の系列の家族にたいして兄弟のつくっていく家族というものは、まったく無関係になりうるということなんです。つまり正統な家族系列から無関係になりうるっていうことは、空間的にもといいますか地域的にもやはり無関係になりうるってことを意味するわけです。だから、もちろん同じ母親同じ父親ですから、父親の世代でもし統一するならば、兄弟のいとなむ家族と姉妹のいとなむ家族というのはもちろんメタフィジカルにといいますか、精神的にといいますか、統一できるわけですけども、実際問題として、同じ世代の兄弟姉妹というものをかんがえてみますと、兄弟姉妹婚というものが禁制になってしまえば、兄弟の家族系列と姉妹の家族系列とはなんらの関係がないというような形になってくる、つまりなんらの関係がないというような形というものは、いいかえれば、共同体というものが血縁ではなくて血縁以外の利害得失といいますか、そういうものによって共同体が結ばれうる契機であるというような、そういうことを意味しているわけです。

そういう段階が、つまり、兄弟姉妹婚というものが禁制となって、兄弟姉妹がまったく別家族形態として、系列としてまったく別問題である、関係ないというような形になったとき、血縁集団の共同体である氏族制というようなものあるいは前氏族制というようなものは解体していくわけです。その場合に、兄弟姉妹にたいして、母系制だとしたら母親なんですけども、母親の系譜といいますか、さかのぼってかんがえられる母親ですけれども、エンゲルスなんかがいう〈種母〉(Stamm-mutter)といいますか、つまり種族の母親たりというような、そういうような意味づけが与えられるわけです。

そういうふうに、兄弟姉妹というものが、家族形態としてまったく無関係な系列にはいるというような、そういう段階にきたとき、それがただちに土地集団の形成を意味しないとしても、それは土地集団共同体に移行しうる条件が整ったということを意味しています。そのときに、やっぱり国家の起源というものがかんがえられていくわけなんです。

エンゲルスなんかのかんがえ方で問題になるのは、原始集団婚みたいな段階というものを想定しているわけですけどね。原始集団婚というような段階が想定できるかどうかというようなことが、エンゲルスにたいするひじょうな問題点ということになるわけです。なぜ、エンゲルスなんかが原始集団婚というようなものを一段階として想定したかといいますと、やっぱり問題意識というのはいかにして血縁集団というものがあるいは家族を基盤にする集団というものが、国家の初原的な形態である土地共同体というものに移行するのかというような、そういうことについての論理を求めるということが、エンゲルスの問題意識であるわけでしょうけども、その原始集団婚というものを一段階として想定しますと、部落じゅうの全男性と全女性は自由に自然的な性行為を行ないうるということ、そうしますと、そのなかの特定の二人が長期にわたってそうしようと、ひじょうに一時的なものであろうと、そういうことは具体的にはどうでもいいわけですけれども、とにかく制度としては部落じゅうの全男性と全女性が自然的な性行為を結びうる、そういう段階というものを想定するわけですけれども、そういう段階を想定しますと、男女の関係すなわち共同体というふうになるわけなんです。つまり、家族すなわち共同体ということなんですよ。つまり、だれとでも性的関係を部落じゅう結びうるわけですから、それは男女の関係イコール部落大だということになるわけです。あるいは共同体の大きさ、規模になるんだということ、つまりそういう関係が即座に共同体に拡大しうるというような、集団婚を想定するとそういう利点があるわけですよ。

だから、なぜに家族集団あるいは男女の性的な関係を基盤にする結びつきというも

いのが、それよりも高次な共同体というものに移行したかというような問題意識におい
て、部落じゅうのやつが自由に婚姻を結びうるというふうに想定すれば、ただちに解決してしまうわけです。なぜなら、男女の関係すなわち共同体と同じ大きさですから、そういうふうに解決できるわけです。ところで、原始集団婚というものは、もちろんそういうものをとったところの種族というものもあるわけですけれども、またとらないところもあるわけです。つまりとらない種族もある。一定の理論的考察のうえで一段階と想定することは、まったく無意味であるということがいえます。つまりそれはせいぜいそういう原始集団婚みたいなものをとった種族もあればとらない種族もあるという、その程度のことにすぎないので、それはなんら理論的な問題を意味していないわけです。なぜ原始集団婚というものが、一段階として想定しうるほど持続性をもったかということの原因について、エンゲルスはそれは人間の、特に男性の嫉妬からの解放というものにあるというようなことをいっています。嫉妬感情からの解放あるいは相互寛容ということが、原始的集団婚というものがある一定の段階として想定しうる持続度をもって成立させた原因であるというふうにエンゲルスはいっているわけですけれども、これもまたあんまりあてにならないわけで、多数の男性と性的関係を結んだ女性とか、多数の女性と性的関係を結んだ経験をもった男性、そういうやつはわりあいに嫉妬感情というものがすくなくなるだろうというふうに（笑）いえるわけ

なんです。

ですけどね、逆に嫉妬感情というものから解放されたから集団婚が成立するという、逆にはいえないですね。だから、そういうことはあんまり理由にならないということなんです。

エンゲルスなんかがどうしてそういうふうなことをいっちゃうのかといいますと、人間の性的自然関係というものを、あまりに経済的範疇でかんがえすぎたということなんですよ。それはエンゲルス流のいい方をすれば、人間の最初の分業というのは子どもを生産することにおける男女の分業だというい方をするわけです。それはまた同時に、階級発生というものの根本なんだというふうな、そういういい方をするわけですけれども、あまりにそういうふうに性的範疇つまり性的関係というものを、性として限定される人間関係というものを、あまりに経済的範疇でかんがえすぎるから、逆にひじょうに観念的に、男女の人間の嫉妬感情からの解放というものが集団婚をわりあいに持続せしめた理由だというような、かえって観念的なことを基本にしてかんがえるというふうな、そういうかんがえ方になってしまうわけです。

ところで、男女の性的関係、いいかえれば性としての人間ということなんですけれども、性的自然行為関係というものは必ず幻想性というものを疎外するということ、自己疎外するということなんですよ。そういうことをはっきりさせないといけないというようなことがあるわけです。男女の性的自然行為というものはまさに自然行為ですけれども、そういう自然行為というのは、幻想性というものを必ず生みだすということなんです。

そういうことをはっきりさせておかないと、エンゲルスみたいに、性的行為という関係も経済的範疇に固守すると、逆にひじょうに観念的に、たとえば嫉妬感情からの解放が制度というものを維持させる要因であるみたいな、そういうことをいうことになってしまう。だから、そうじゃないので、その性的自然行為というようなものといえども、それは観念性というものあるいは幻想性というようなものは必ず生みだすということ、性というものはなにか、それは幻想であり、同時に、自然であるということ、つまり幻想であり自然であるということ、そういうことははっきりさせておかないといけないというようなことがあるとおもいます。だから、氏族制というものから、つまり血縁集団共同体から、いわゆる発生期の国家というものに移行した場合にも、兄弟姉妹の性的自然行為が禁制となるということが今いいましたように要因なんですけども、そのことは根本的な要因なんですけど、それだけいっていいかというとそうではないので、兄弟姉妹の自然的な性行為というものが禁制になったということで、禁止されながら、同時に幻想性としては、兄弟姉妹とのあいだには性的な意味の幻想性の関係が成りたつということ、成りたっているということ、つまりそういう条件がわりあいに重要なんです。

そういうことのふたつをかんがえないと、まったく切れない、つまり性的自然行為が兄弟姉妹のあいだに禁制となったときには、もちろん生理的な性としてはもちろん消えるわけですけれども、幻想性としてはわりあいに永続するということ、つまりあわいけれどもわりあいに永続する。つまりそれは、姉妹が夫をもち兄弟が妻をもちというような、それで家族を別系列としてつくりというような段階になってもわりあいに永続する、幻想性としては性的関係というものは兄弟姉妹のあいだではわりあいに永続するということ。そういうことが血縁集団が国家というものに転化するひじょうな要因をなすということがいえます。そういう問題というものははっきりさせなければいけないんだということがでてくるわけです。

そうしますと、最初の国家における政治権力というものの構成というものはどういうふうになるかといいますと、姉妹の系列というものが宗教的権力というものをもつわけなんです。宗教的権力というと、宗教なんかに権力があるのかというようなことが問題になるかもしれませんけどね、これは宗教的権威といってもいいですし、まさに権力であるというふうにいってもいいし、そういう段階における最初の国家における政治権力というようなものをかんがえる場合に、姉妹の系列というものが宗教的権力をもつわけなんです。つまり、姉妹の系列における社会的支配層というものを想定しますと、その最高位に属しているやつが宗教的権力というものをもつわけなんです。

それにたいして、兄弟の系列に属するやつが、つまり兄弟の系列に属する社会的な意味の支配的位置にあるやつが、だいたい現世的な政治権力をふるうということ、もっということ、つまりそういう関係で姉妹の系列における宗教的権力が、現世的なといいますか、現実的な政治権力を掌握する兄弟の系列に、宗教的な意味の権威を移入するというんでしょうか、吹きこむというんでしょうか、吹きこむというような形をとりまして、それで、あらゆる政治支配というものは神からきたものであるというような、そういう形をとらせるわけですけども、つまり姉妹の系列における宗教的権力あるいは権威というものが、兄弟の系列における政治的な現世支配というもの、そういうものにたいして宗教的な意味の権威といいますか、権力といいますか、それを移入するといいますか、吹きこむといいますか、そういう形態がだいたい初期つまり発生期の国家における政治的な支配形態というふうにいうことができます。

このことは日本の神話でいえば、アマテラスというのとスサノオノミコトというのがでてくるわけですけれども、これは兄弟に想定されているわけですけれども、その関係というものがだいたいそういうものを象徴しているわけです。それからもっとずうっと新しいことをかんがえて、邪馬台国なんていう歴史のなかにでてくる国家としては古いというような、そういう国家でいいますと、邪馬台国における宗教的権力というものをにぎっている女性が一人いて、それにたいして弟というやつが政治的権力というものをもってるわけです。邪馬台国の宗教的権力をもってる女王というやつがいるわけですけれども、それの夫というのはもちろんいるわけですよ。たとえば『魏志倭人伝』でも夫というふうにはでてこないんです。ただ、女王というのは強大な権力をもっていて、そこには一人の男性がいて、そこへ出入りしていろんなことを伝えたりなんかする、そういう役をおっていたというような、そういう書き方をしているわけですけれども、その一人の男性というのは旦那ということですよ。旦那なわけなんです。旦那というものには、そういう場合には権力というものはないわけなんです。

つまり、『魏志倭人伝』のいい方でいえば、弟王つまりおとうとおうとというふうに書いてありますけれども、そいつが政治的権力をもつというふうな、そういうふうな形になります。それは、わりあいに初期の国家における統治形態といいますか、支配形態というものの一般的なパターンです。そういうパターンというものは、人類史が国家の初原的な段階で、どこでも踏んだであろうというふうにおもわれるわりあいに普遍的な形であるわけです。国家というものはなにによって、みずからの意志というものを発言するかといいますと、それは法というものによって発言するわけなんです。そうしますと、法というものの構造というものが、いかにして法構造つまり権利義務構造なんですけども、権利義務構造自体から一種の権力構造というものに移行するかというようなことが問題になってくるわけです。そうしますと、具体的にいうのが一番いいわけですけども、具体的にいいますと、たとえば日本における初原国家というものにおける法というものに二種類あります。つまり、未開段階における法というものは必ず刑法的なものからはじまるわけですけども、つまり法というものの範疇というのは二種類あるわけです。

ひとつは今のことばでいえば農耕法なんです。他人の田畑を侵害してしまったとか、他人の田畑のあぜみずをおとしてじぶんのところへ引いちゃったとか、そういう種類の農耕における侵犯というものを内容とする、そういう法概念があるわけです。その法概念は日本のあれでは、天津罪というふうによばれています。天津罪というふうによばれているものが、主として農耕法に該当するわけです。

それからもうひとつはいろんないいかたがあるでしょうけれども、婚姻法的なものが主体になっている法律なんです。法概念なんです。それはたとえばね、母と子をおかしてはならないというような、さきほどからいっている近親相姦にたいする禁制なんです。タブーなんです。つまり、そういう婚姻における侵犯といいますかね、共同的なタブーの違反、そういうものとそれから呪術的といったらいいんでしょうか、たとえばまむしかなんかがでてきて、人を嚙んでだれかを殺しちゃった、死んじゃったというような場合に、それはは虫のわざわいといいまして、それはなんかしらないけれども罪があって罰をうけて、だからあいつはまむしにくわれたんだとかね、なんかそういうようなことになってくるわけです。ひじょうに呪術的な要素が強い、そういうものが婚姻法的なもののなかにふくまれているわけですけれども、そういう法概念というものがひとつあるわけです。それは日本における未開法の概念なんです。つまり、その婚姻法というものを主体とする法は、日本のよび方では、国津罪というふうにいわれています。だいたい大分けにわけられるところでは、日本における初原的な法形態というものは、今いいましたふたつの範疇にわかれるわけです。

そういうわかれるということにおいては、さほどの問題がないわけですけども、ただそのふたつにわかれている法概念というものに、歴史性というもの、歴史的段階性というものが想定できるかどうかというようなことが問題になります。それはまたいろんな説があるわけですけれども、もし日本の初原国家というものを征服部族というものがどこか外来からきて制圧したとすれば、今いいました農耕法概念に該当するものは、征服王朝というものがみずからたずさえてきた法律であって、もうひとつの婚姻法に類するものは、もとからいた原住民といいますか、そういうもののなかにおける法概念であるというふうにいえるかどうかというような、そういう問題があります。

つまり、そのふたつにわかれている法概念は、歴史的段階性というものを意味するかということ、それからもうひとつは、そのふたつの法概念をだれがどうもたらしたかといえるのかというような、そういうふたつの問題点というのがあります。そこでまた、これは古代法の学者というもののなかで、いろいろな説があるわけですけども、そういう説というものにたいして、ぼくらがもっているかんがえ方というのはどういうかんがえ方かといいますと、初原的な国家といえる共同体というものが成立しない以前に、はじめに今いいました農耕法に類する法概念と婚姻法に類する法概念とをひじょうに幼稚なといいますか、原始的な形で混合したような法概念がはじめにあったというふうにかんがえるわけです。だから、征服王朝がもたらしてきたとか、征服者がみずから作った法が農耕概念で、というようなふうにはすこしもかんがえていないわけです。

また、それが歴史的な段階性で、農耕法的な概念というものはわりあいに新しくて、婚姻法的な概念というものあるいは呪術的な概念をふくめたそういうものは古いものだというふうにも必ずしもかんがえないわけです。その両方を混合したような、しかも混合したようでわりあい原始的な形態といいますか、そういうものが、おそらく国家というふうによべる以前の段階で共同体がもっていた法概念だろうというふうにかんがえるわけです。そういうものが経済社会的な構成の発展、それから共同性としての発展をとげていく段階のなかで、ひじょうに明瞭に分化されたであろうというふうにかんがえるわけです。分化されるに際して、ひじょうに古い段階で、つまりひじょうに遠い段階でもっていた未開法的な概念のうち、呪術的なものに属するものは、より高次な共同体に移行したときには、さきほどいいました習慣律といいますか、習慣的にとりきめ習慣的にそうなっているというような、そういうものにおとすといいますか、つまり、そういうものとして習慣的な慣行であるというような形で、法概念のうち未開な部分を削除して、より高度な共同体の段階に対応する法概念というものを形成していったにちがいない、そういうふうにして、今いいましたふたつにわけられる法概念というものが明瞭な分化をしめしてかんがえられてきたというふうにぼくらはかんがえています。

だからそこには、そのふたつの法概念を歴史的な段階概念というふうにも、必ずしもそういうふうにいえないし、また、一方の法概念は支配者がもたらし、一方の概念はわりあいに習慣的に行なわれていたものだというような、そういうふうにもいえないということ、つまり両方を未開な形で混合しているそういう法概念がそれ以前にあっただろうというふうにかんがえているわけです。

発生期の国家におけるもうひとつの問題点というのは、法概念というものが宗教的な共同意志みたいなものに吸収されるときには、それは呪術的になるということなんです。それが宗教的な権力のところじゃなくて、政治的な権力のところに、もしその法概念が集中されるならば、それはひじょうに明瞭な刑罰性の概念としてでてくるということなんです。例をあげるといいんですけどね、たとえば今いいました未開法におけるひとつの法概念である、たとえば他人の田畑というものを侵犯したというようなことがあるとするでしょう。そうしますとね、この侵犯というものが行なわれたということにたいして、どういうふうに罰則というものがかんがえられるかというと、それが二重にかんがえられるということなんです。ひとつは、それが宗教的な権力というもののところで、たとえば他人の田畑を侵犯したとかいうようなことが、宗教的な権力というようなところでかんがえられる場合には、それは宗教的なおはらいというふうになるわけです。つまり、清祓といいますか、清祓によってその罪は解消するというふうな、そういう概念になるわけです。

ところが、他人の田畑を侵犯したというような、そういう行為が政治的な権力のところでかんがえられた場合には、それは『魏志倭人伝』みたいなものの記述によるとすれば、一般大衆という地位、下戸というんですけれども、あるいは個人というんですけども、一般大衆ということだとおもいます。一般大衆というような位置から、極端にいえば奴隷なんですけどね、まあ使い走りですよね。使い走りの位置におとすということなんです。たとえば他人の田畑を侵犯したというようなことを、政治的な支配というもののところでそういう行為をかんがえた場合には、それはたとえば一般大衆だったらば、大衆としての資格を剥奪して使用人階級、つまり奴婢階級なんですけれども、そういうものにおとしてしまうということなんです。そういういわば刑罰というものとしてあらわれるわけです。

しかし、まさに同じ概念同じ農耕に関する侵犯でも、他人の田畑の侵犯というようなことでも、それがたとえば宗教的権力のところで、それがかんがえられるときは、それはいわばおはらいということで、共同的なおはらいなんですけれども、そういうもので罪というものは解消してしまうというような、そういうふうになるわけなんです。初期国家における国家の意志は宗教的権力と現世的な政治権力というようなものの二重性のなかでは二重に分化するということなんです。二重に分化してかんがえられるということなんです。

そういうことはひじょうに重要だというのは、たとえばひじょうに具体的に日本国家における日本国家論というやつをやるというような場合には重要なんです、そういうことは。やはり、初原的な国家における権力構成というものは、ひじょうに奇妙にかんがえられているわけです。具体的にいいますと、たとえば、天皇の地位を世襲するということと、国家を政治的に支配することと、それから地方官の統轄みたいなものとは、まったくべつのものとかんがえられていたということなんです。天ちゃんの位を世襲するということは、イコール国家の政治的権力を掌握するというふうにはかんがえられていないということ、つまりそれは、人物としてもべつのやつがそうなるわけです。それはどういうことを意味するかといいますと、宗教的権力あるいは権威というものの世襲というものと政治的権力の継承というものと、それをひじょうに具体化した地方地方におけるそれぞれの生産場面における支配管理とか、そういうふうなものとはまったくべつにかんがえられていたし、別個の人物によってなされていたということなんですよ。

つまりそういう問題というものは、さきほどいいました法的概念が国家意志の段階で、宗教的にとそれから政治的にと二重化するというふうにいいましたけど、そういうことと対応するわけですけどね、日本の天皇制というようなものをかんがえる場合のひじょうなウエイト、それはたとえば講座派にしろ労農派にしたって、そういうふうな感じの天皇制というようなものの権力の所在というようなものをかんがえる場合には、そういう発生期の段階でかんがえるとわりあいにかんがえやすいということなんです。つまり、そういうことはまったく別概念としてかんがえられていたということ、だから宗教的権力の世襲というものと現世的政治権力の継承というものとは、とにかく別個のものとしてかんがえ、そしてその関係をよくかんがえて考察していかなければならないというような、そういうことがおこりうるわけです。そういう問題というものが、日本における国家論というようなものをひじょうにつまずかせてきた問題の主要な要素としてあるわけです。そういう問題というものは、起源的なといいますか、初原的な国家というものの構成というものを考察するとわりあいによく了解できるところがあります。

それから法というもの、つまり国家の共同性というものにおける意志力としての法というものなんですけども、法というものは法権力であるかというと、それもまたあんまりイコールで結んではいけないところがあるんです。つまり、法というものはどうして法それ自体として権力たりうるかというような、そういう問題というものがやっぱりかんがえられていかなければいけないということ、その場合、たとえば条件が単純ですから今までお話ししましたことのつづきで申しあげますと、たとえばAというやつとBという人間がいて、AがBの田畑を侵犯したというようなことがあるとするでしょう、そうすると法概念があってその法概念にのっとって、天津罪というものに属するわけですけれども、法概念によってAならAというやつは、使用人あるいは奴婢といいますか、そういうふうな階層におとされてしまうというようなことがあるわけです。

その場合に、法というものはどういうふうにものをいうかというと、AがBにたいしてひじょうによろしくない行為をした、したのだから法的な規定にしたがってAは使用人階級におとすんだというふうに法というのは存在するわけです。つまり、ひじょうに典型的に最初の法というものをかんがえますと、そういうふうに存在するわけです。ところで法というものは、わりあいに共同体自体が経済社会的にもあるいは法的にも発達して複雑になってくるというような、そういう段階になってきますと、AがBの田畑を侵犯したというような場合に、AはBにたいしてわるいことをした、つまり侵犯行為をおかしたんだからそれにたいしてこういう法概念にもとづいて、Aはこういう罰をうけるというようなそういう概念じゃなくなって、AがBの権利あるいは所有を侵犯したという、そういうことであるにもかかわらず、権力自体にたいするAの侵犯行為だというふうにだんだんかんがえられていくわけなんです。あきらかにAという人間がBという部落民の田畑を侵犯したのにもかかわらず、Aは法を掌握している支配というものにたいして不当なる行為をおかしたんだというふうにかわっていくわけなんです。そういうふうにAとBというような場合に、Aも村人でありBも村人であるという場合に、AとBのあいだに相互に侵犯行為があったとしても、水平の概念なんですけどね、ところがそういう侵犯行為であっても、それはAがBにたいしておかした侵犯じゃなくて、法を私有するあるいは占有するものにたいする侵犯行為であるというふうに転化される。つまり、ひじょうに垂直な概念に転化されてくるわけです。

そういうふうに垂直的な概念に転化されていくときに、法というものは法的権力というものに転化するわけなんです。国家というものと国家権力というものとはちがうわけですよね。それと同じように、法というものと法権力というものとはちがうのですよ。法というような場合には、水平の概念なんですけどね、Aがい、Bがい、それからCがいるというような、そういうものにたいしてだれでもがわりあいに納得できる、ABCが三人ともわりあいに納得できることで、完全に賛成はしないけれども、しかしまあまあこれならば納得できるというような水平概念として、共同的なとりきめが行なわれるわけです。それは皆さんのサークルでもなんでもおんなじだとおもいますけどね。そういうふうにとりきめられる一種の水平概念なんですけれども、それがもし、法を占有している者あるいは占有された法というようなところで、AとBとCのあいだの合意あるいは侵犯というものが、そうじゃなくて、垂直概念として、占有されたものにたいする侵犯というような、そういうものに転化していったとすれば、それは権力となるわけです。つまり、権力をふるうわけです。

だから、そういうふうな形で法というものは、最初にまさに法そのもの、つまりは共同的な幻想そのものとして共同性をもって存在するわけですけれども、それ自体が権力に転化しうるという要素は、今いいましたように垂直概念として、つまり共同性の概念だから共同体の成員個々の相互間におけるいろいろな問題にたいするとりきめあるいは規定というふうな意味をもっているわけですけれども、それがそうじゃなくて、それを占有するものにたいする相互侵犯とかあるいは損害とか、そういうような概念に転化されてしまったときに法自体あるいは共同幻想自体というものが、いわばひとつの力というものの権力というものとしてでてくるわけです。そういう問題が、法というものがたどっていくひとつの運命といえば運命なんですけども、そういう運命のたどり方をしていくわけです。

そういうことが、いわば共同体というもの、あるいは国家というものの意志力というものがたどっていく転化のしかたといいますか、そういうものとして存在していくわけです。今いいましたように、そういう問題意識のぼくがいいたいポイントというのは、言葉はどうでもいいわけですけれども、力というものが、さまざまな力というものがある、それでその力というものと、もともと力というものをもつかもたないかということは別問題である共同性というようなものと、それから共同性というものが力をもっていくにいたる、そういう経路はいきおい当初においては宗教的なものとそれからひじょうに現世的なものといいますか、政治的なものとのいわば二重性というのをもって、それが転化されていくというような、それで時代がくだるにつれて、社会が発達するにつれて宗教的権力というものは、現世的権力の下にだんだんおちていくわけですけれども、そういうような形で展開されていくというような、そういう問題意識の場合に、明瞭にべつであるとして力というものがなぜどういうふうにして付与されるかという問題をかんがえなければならない。そういうようなかんがえ方を明瞭にとっていくことによって、従来なされてきた国家論というようなものは、ひじょうに問題がおおいものとして存在するんだということが了解されるということなんです。

それでもうひとつ、階級ということがあるでしょう。階級ということがありますね、階級という概念というのもまた、幻想性としての階級というのをかんがえないと、うまく解けないところがあるということがあるわけです。幻想性としての階級というのはなにかといいますと、根本にあるのは、個人の幻想性というものは必ず共同幻想性と逆立するということなんですよ。つまりそれが、幻想性としての階級というものの根本にある問題なわけです。なぜ逆立するかというような過程は、さきほどいいました、もともと水平的な概念としてある共同幻想性というものが、いつのまにか垂直概念にかわっていくというような、そういう問題のなかに逆立する契機というのがあるわけですけども、そういうものが幻想としての階級性というものの根本であるわけです。

だから、具体的にいえば、国家の共同幻想性というものに逆立しうる幻想性というのは、個人の幻想性というしかないんです。だけど、もし国家の共同幻想性にたいして逆立しうる共同幻想性というものが想定されるとすれば、あるひとつの条件がいるということだとおもうんです。つまり、その条件がなければ、本質的な意味では共同幻想というものに逆立する共同幻想というのはありませんから、逆立した共同幻想自体が、また個々の成員にたいしてマハト、力に転化してしまう、抑圧に転化してしまう、そういう経路をとるわけです。本来的にいえば、個人幻想性というのしか逆立する契機はないわけですけれども、しかしそういう共同幻想性というのが成立しうる基盤というのもまた、かんがえられないことはないということはいえるとおもいます。

つまり、そういう問題として、たとえば共同幻想論というような領域が宗教とか法とかそれから風俗、習慣的な慣行律みたいなもの、そういう領域まで国家という共同幻想性の問題を、拡大して提起していくことによってかんがえられていく可能性というものがありうるわけで、最初にいいましたように、そういうところの問題意識までくだっていくといいますか、おりていかなければちょっとやそっとのほころびを縫いつくろうぐらいなことでは、情況そのものに思想的に耐ええないんじゃないかというような、そういう問題意識が、ぼくらの国家論を共同幻想論というような拡大された形で展開させる原因になったわけです。

だいたい今までお話ししましたようなことで、国家の問題というものは解けていくわけですけれども、もうすこし具体的にさきほどのつづきでお話ししますと、未開な発生段階における国家というものは、日本の場合にどの程度の規模でかんがえられていたかというようなことがあるわけですけれども、それは今でいえば、地域的にいえば町とか、県でいえば郡とか、その程度の規模でかんがえられていたろうというふうに想定されます。その程度で、発生期における国家というものは存在しただろうということ、つまりその程度のひろがりで存在した共同性というものが方々にばらまかれていただろうということがいえます。そういうことはどうしていえるか、どういうところから推定するかといいますと、たとえば『古事記』なら『古事記』というもののなかで、初期から十二、三人の天ちゃんというのがでてくるわけですよ。そのなかで実在する可能性がかんがえられるのは、ひじょうにすくないわけですけどね、その天ちゃんのよび名というのは、いまはないからどういったらいいですかな、書記長でもいいですが、書記長というよび名みたいな、なんかそういうものに類するよび名があって、そのしたに地名がありまして、そのしたに一番おおいのはヒコっていうんですけどね。ヒコというようなよび名がくるという、そういうようなよび名なんですよ。だから、神武天皇なら神武天皇っていうふうなのでいえば、はじめにカムヤマトっていうのがくるわけですよ。そしてイワレヒコ、イワレっていうのはあきらかに地名なわけです。そしてこの地名っていうのが出身と想定され、つまり出身というフィクションでイワレというふうにつけたのか、その地方を支配したという意味で、その地域を支配したというフィクションでイワレとつけたのか、そこんとこは確定できません。ただ、ヒコというのが必ずくるわけです。男の場合はそうなんですよね。

そのヒコというのはなにかという場合に、邪馬台連合みたいなああいうものでいえば、邪馬台連合三十何ヵ国の一ヵ国の長というもの、長官みたいなやつがだいたいヒコというふうによばれているわけです。だから、そういうふうにかんがえますと、そういう天ちゃんが実在であるかどうかということはべつにして、そういうものをそういう神話をまとめあげた連中の意識にとって、国家というものは、邪馬台連合なら連合というものの一ヵ国ぐらいの規模で想定されていたという、つまりかんがえられていたということを意味することは確実です。つまり、そういうふうにかんがえていきますと、そういうものをたとえば日本における発生期における国家というものの規模として想定していいというふうにいえるとおもいます。そういうところが問題になってきて、それでヒコというやつにもまた三種類ぐらいあって、たとえばネコヒコというようないい方、タラシヒコというようないい方と、もうひとつぐらいあるんですけどね、つまりなぜタラシというかあるいはネコというかという、それはちょっとあまり断定できないところがあるんです。あるいは後世における断定のしかたというふうにかんがえたほうがいいかもしれない。あんまり断定できないのですけれども、それはなにを語るかというと、つまり種族のイニシャルを語るのか、なんかそんなことはちょっとわかりませんけど、問題なのは必ずそういうヒコならヒコという、またべつのもありますけど、ヒコというようないい方が必ずつくということは、要するにそういうものの支配領域をその程度の規模でかんがえていたというふうにはいうことができるわけです。

つまり、そういう問題をかんがえていきますと、国家というものの起源あるいは発生というようなものと、それから歴史のなかにあらわれてくる国家というもの、つまり歴史のなかにはじめてあらわれてくる国家、日本の場合でいえば邪馬台国連合みたいなものですけれども、そういうものとは混同してはならないということ、まして邪馬台国から近畿地方を基盤にした大和王朝というのがあるわけですけれども、そういうものの成立をもって国家の起源みたいにかんがえてもいけないということです。つまり、国家の起源というものは、そういう歴史のなかに最初にあらわれる、そういう国家というものと混同してはならないということなわけです。

そうしますと、それじゃ歴史のなかにあらわれないのなら、なんのなかにあらわれるかというと、いわば考古学資料しかないわけです。つまり、考古学の領域にはいるわけです。歴史的な段階以前のものというのは考古学資料の段階にはいるわけです。ところで、考古学の資料つまり発掘された古墳とか土器とか、武器とか、そういうようなものの存在というものは、国家の存在規模にたいしてはなにも語らないということ、つまりなぜならば、国家は共同の幻想というものを本質としますから、そんなものは古墳のなかから発掘されるわけはないので、だからえてしてひとつの俗見があって、つまり歴史のなかに国家というものがあらわれてくる歴史以前というのは、これは考古学資料によるのが科学的だというような俗見がありますけどね、そんなのはないですよ。ただもの論で、そんなことはないんですよ。なぜならば、国家というのはもっと以前に想定されるわけですから、だからそんなものは幻想ですから発掘されないわけです。そういうかんがえ方はひとつの俗見であるということですよ。その俗見の裏がえしというのはなにかというと、たとえば神話というのは、じぶんたちの祖先が大切にしてきたものだからこれを尊重しなさいというのがそれの裏がえしですよ。それで、われわれの現実的諸情況がまさにみせているものは、俗見と俗見の対立だということですよ。そんなもののなかにはなにもないということ、なにもないというと皆さんおこるでしょうから(笑)なにもないとはいわないけど、そういう対立のしかたのなかにはね、われわれがいう自立という課題というものは存在しないということです。

われわれが自立というふうにかんがえる場合には、もっと根柢的なものであり、もっと根柢的に構成されていかなければならない思想、それから理論、それから学問、芸術、そういうものがあるということです。それからおそらく、ぼくは現場にいませんからそういうことをいうのはいやですけれども、それに対応するであろう政治的運動の形態、それからありかたというものはあるだろうというふうにいうことができます。しかしぼくは、とにかく良心的に領分をまもりましていうことは、もっとも現在、法律的な問題というものはどこにも展開されていないということ、それを展開しなければ、なにもこないということなんですよ。なにもこないということはなにかというと、たとえば政治でも芸術でもみんな幻想ですから、そういう幻想というものの相互のつながり方、関係のしかたというものは、けっして単独ではすまないということなんです。

これは具体的にいいますと、たとえばロシアならロシアというものをかんがえて、ロシアにおいて一人のレーニンがい、一人のレーニンの党がパーティつまり共同性というものがうまれてくるためには、いろんなものがいるわけです。つまり政治的先行形態というものがいるでしょうし、たとえばそれはドストエフスキーでもトルストイでも、ツルゲーネフでもいいですけどね、個々一人一人とってきても同時代の世界文学のなかに、優に自己主張しうるにたりるというようなそういう文学のあれでいえば、そういう文学者がばんばんでてくるというような、そういうような情況というもの、幻想性全般における情況というものが加担しなければ、それは政治運動なら政治運動というものを単独で一人のレーニンのパーティがなになにしというような、そういうことはできないということなんです。

そういうことがひじょうに緊急だということ、つまり問題なんだということ、そしてその場合に、そういうことでいえば一人のドストエフスキーが思想的に反動的なことをいったとかいわないとかというようなことは、トルストイがまたひじょうにキリスト教的な坊主みたいなことをいってしようがないとかね、ゴーリキーがへんちくりんなインチキ宗教にこってしようがないとか、そんなことはどうでもいいことなんです、そういう局面からいえば。そうじゃなくて、そういうものが文学者なら文学者としてでてくるということ、そういうことがなしにはどんなことも進んでいかないというような問題というのは、あきらかにあるのですよ。それ以上のことをいうと、ぼくはじぶんの領分を逸脱しますからいいませんけれども、そういう問題としてあるとおもうんです。そういう問題というものは、とにかく徹底的に追求され徹底的につくられていかなければならないということがいろんな分野のなかでいうことができるとおもいます。

それは要するに、ぼくなんかが自立というようないい方でいっているものの、内容をなしている問題意識であるし、また情況意識であるわけです。いちおう、これで終わらせていただきます。

（昭和四十三年七月二十五日　世田谷社会研究会）

II

宗教としての天皇制

今日の演題は「国家の幻想と叛逆の論理」というようになっていますけれども、わたしがお話しようとかんがえてきたのは、宗教としての天皇制ということです。宗教としての天皇制というのは別の言葉でいいますと、天皇制の宗教的側面といってもいいとおもいます。

どうしてこのテーマを択んだかといいますと、体験的にいえば、戦争中に天皇制の問題にさんざんかきまわされてきた年代に属するわけですし、かきまわされたのは、ちょうど皆さんの年頃から少し前だったとおもうんですけども、戦後にかんがえてみて、どうもおろかであるが故にかきまわされたという面と、それから、どうもそのかきまわされ方の不可解さは、単におろかであったということで、かたづかないような面がありまして、戦後みえかくれに、そういう問題をかんがえてきたということがあります。このふたつの問題を要約して普遍的に申しあげますと、〈法〉というもの、あるいは〈法〉としての国家というものの接目がよくわからなかった、ということがあったと思うのです。どういうことか申しあげますと、天皇制の起源を、千数百年としまして、それ以前に、つまり日本列島が統一国家を形成する以前——今でいいますと郡単位あるいは数郡が集まった単位ぐらいの国家が群立していたわけですけれども——その統一国家以前の国家における法国家というものと、統一国家以降の法国家というものとの接目がわからなかったというような問題があります。

もうひとつの問題は、種族としての（俗なことばでいえば民族としてなんですけれども）日本人の起源の問題があります。このふたつの点に要約されるんじゃないかというのが、現在もっている問題意識です。

法国家としての日本国家の接目がわからないという意味あいから申しあげますと、統一国家以前にも、国家はあったわけですし、また国家以前に村落社会とか、村落共同体とかいう形での社会というものはあったわけです。そこで通用している〈法〉というものがあるわけです。正確にいえば村内法とか部落内法とかというふうにいうべきでしょうけれども、つまり村内法的なあるいは部落内法的なものがつくられていて、それが部落あるいはある地域を規定しているような状態があったわけです。村内法というのは、ある部落ごと、あるいは数部落ごとにつくりあげてきた法律で、その法律にしたがって、部落民はそれに支配され、その掟に従うような形で、法が国家のような作用をなしていた、という状態がかんがえられます。そういうように存在していた

〈法〉と、どこからきたかわかりませんが、天皇族が、いわば統一国家を形成した以降につくられた〈法〉とが、どんな関係にあるのかがはっきりわからない、という問題があるとおもいます。

今でもはっきりしているわけではないんですけれども、そういうばあいに、部落内を規定していた部落法みたいなものが、どういうふうにして統一国家の法と関連するかという問題が生じてきます。けれども、このばあいに村内法というのを、一応部落内の下からの〈法〉というふうにかんがえますと、この〈法〉の届く範囲は、習慣とか固有宗教とか風俗とか道徳とか倫理というようなものと、あまり分化できない面があります。つまりそういうものをさまざまな規範の形で包括している限り、なかなか〈法〉としての純化ができない状態が、部落内法の根本的な性格じゃないかとかんがえられます。これはある意味では、統一国家の〈法〉よりも強力なものですけれども、引きずっているものが、固有習慣であり、固有宗教であるとかんがえていきますと、どうしてもその〈法〉は、遠くまで及びません。遠くまで及ばないということは、何らかの統一性を持つところまで行けないということです。ただ下から〈法〉が形成されると一応かんがえればかんがえられるものです。こういう〈法〉が規定する部落は、決して統一国家を形成するだけの高度さを持ちえないという性格があるとおもいます。

それに対して天皇制の権力が——どういうところから興ってきたかは不明として——

その上にのっかって、国家として、村内法に規定されている小部落、あるいは小部族を統一していったときに、村内法を、どう使うかかんがえてみますと、ひとつは一種の接木をやるとおもいます。まったく別に〈法〉をもってきて、その上に覆い被さるというようなことをやります。それからもうひとつは、村内法といわれているものを借用することです。ある程度純化して使うことです。だから今まで村内法によって、たとえば長老会議とかあるいは首長会議とかというようなものが、村内の政治的支配をやっていたとすると、そういう上部を支配することによって、間接的に部落全体を支配していくというようなことが考えられます。つまり、部落内の〈法〉を利用するか、もうひとつは、それに対してまったく別のところから〈法〉を人為的に覆い被せながら、統一国家の性格を決定していきます。そしてある一定の時間を経ますと、接目がわからなくなってしまうということがあります。接目がわからなくなりますと、統一国家を形成したものは、もともと天皇制の権力で、古い神話時代までさかのぼれるという一種の虚構がつくられていきます。

　この接目は、実感としては、よくわからないかもしれませんが、たいへんうまくできています。これをさかのぼっていくと、どうしても、国家の価値としての天皇制というところに収斂していってしまいます。この問題は文化の面でもいえるわけで、文化の本質をつきつめてゆきますと、やはり天皇制国家に収斂していってしまうほど接目がスムーズにできあがっています。

その接目にたいして、一般に天皇制的な〈法〉を、古代において〈天津罪〉と名付けておりました。それから、村内法的なものに規定されて天皇制統一国家成立以前から存在したであろう日本人の諸部落、諸部族を規定してきたものを、〈国津罪〉というように分けまして、両方を統合する形で、天皇制国家は歴史的に存在してきたといえましょう。そこでいわば二分された罪と罰の形態ができあがるわけです。そのさいに部落内法的なもののうちで、神法といいますか、宗教と結びついた法律に属するものは、だいたい〈国津罪〉に包括させ、それから農耕に関する法みたいなものは〈天津罪〉というほうに入れてあります。そういう形で、国家を二つに区分していくやり方をとっています。〈国津罪〉にはどういうものがあるかといいますと、たとえばある家の中に鳥が飛び込んでくる、なぜ飛び込んでくるか、そこの家は、何か悪いことをしているから、そういうことが起るんだということになります。これを解消するには、御祓いをすればよいとされます。またたとえば母親とその子供を共に犯してはならないというのは〈国津罪〉に含まれるわけです。それは婚姻を規定するもので、男性が、その娘と同時に母親と関係してはいけないということです。こういう自然律に近いものは〈国津罪〉のほうにいれています。おそらく〈国津罪〉の中にも、農耕法的な要素もあったのでしょうけれども、それは〈天津罪〉のほうに包括させています。

そうしますと〈国津罪〉に入ってくる範囲は、未開法みたいなもので、たいへん古いものとみえます。〈天津罪〉の概念に含まれていくものは、農耕社会的であり、また法国家的であり、また生産関係を規定するより高度なものといえます。〈天津罪〉の範囲を背負うものとして、天皇制の集団が存在するということになります。だからこの接目がよくわからないということは、たいへん重要な問題とおもわれます。この接目をはっきりさせれば、千数百年前を起源とする天皇制統一国家は、それほどの根柢をもたないことがしだいにはっきりするとおもいます。もっとはっきりさせていきますと、種族あるいは民族としての日本人の問題は、天皇制とは一応関係がないことになってきます。つまり天皇制の歴史を千数百年として、それよりもはるかに以前のところまで、種族としての日本人という視野が届くわけで、そういうかんがえ方をしていきますと、天皇制によって統一された国家というものが、いかに根柢の浅いものであるかはっきりわかってきます。

天皇制についてはいろんなかんがえ方があって、明瞭な結論をいえないわけですけれども、天皇制の集団はどっからやってきたかというばあいに、大陸からやってきた、あるいは稲作の技術をもって南朝鮮をへてやってきたとかんがえたほうがいいだろうというようなかんがえ方もありますし、そうじゃなくて、現在朝鮮人といわれている種族をとびこえて大陸のもっと奥の方からきたんだというふうにかんがえるかんがえ方も畿内の土豪の出自だという説もあるわけです。ところで天皇制あるいは天皇制集団というのは朝鮮人じゃないかというかんがえ方は、天皇制集団というのを北九州の人間なんじゃないかとかんがえることとおそらく同じことだとおもわれます。いいかえれば、種族としての日本人というやつは、いずれにせよ、たいへん幾重にも混血していて、もう正体がわからなくなっています。だから北九州起源とかんがえても、南朝鮮からきたんだとかんがえても、まったく同じことだろうというふうにおもわれます。だから騎馬民族説というようなものをとろうと、騎馬民族説を否定しようと、それほどの意味はないだろうとぼくにはおもわれます。つまり代々大陸との混血は著しいわけですし、また南方的要素をとってくれば、南支那の沿海とか、東南アジアとかインドネシアとの混血が著しいわけですし、その混血の仕方も相当古くまでさかのぼることができるわけです。そうすると種族としての日本人は、決して純血種でもなんでもないわけで、別な意味でいえば、世界でいちばん混血の著しい人種だといえばいえましょう。だから皆さんなんかは世界中どこへ行っても、だいたいなんとなくそこの住民に似ているということになるんじゃないかとおもいます。日本人がヨーロッパへ行ってもどことなく似ているじゃないかというようになりますし、またニューギニアの未開種族と似ているじゃないかとか、もちろん東南アジア、それから南中国は似すぎるほど似ているわけですし、それからアフリカへ入って行っても、やっぱりどっか似てるじゃないかというような、そういう感じで、それから日常的に、国電かなんかのなかで前に坐っているやつの貌をみて、これがおんなじ人種かなあとおもわれるほどちがう貌にお目にかかることができます。そういう意味では世界で最も混血著しいものであるかもしれません。その中で天皇族というようなのは、まったく生れつきが不明であって、これをある時期、つまり千数百年前に朝鮮からやってきた大陸人であるというふうにかんがえてもよろしいでしょうし、また北九州人で、朝鮮のほうがそのころ文化が高いですから、高い文化と接触して勢いをえたやつが中央、つまり畿内まで進出してきた、というふうにかんがえてもよろしいでしょうし、また南方からやってきた、というふうにかんがえてもよろしいでしょうし、まあ結局そういうさまざまなかんがえ方がありますけれども、そのかんがえ方を辿っていけば、結局どこからきたといってもたいして変りはない、つまり変りばえはしない、ということになるだろうとおもわれます。

そうしますと、天皇制というものの一番キーポイントをなしているのは、やっぱり宗教性の威力にあるようにおもわれます。

その宗教性の儀式は現在でもよくわからないのです。つまり推測する以外にわからない部分があります。その最も典型的なものは天皇が交代する時の儀式です。そういう時にやる大嘗祭というのがありますけれども、その大嘗祭という儀式の中核の部分は今でも本当はよくわからないんです。つまりたれもみたことはないのです。みたことがないということはどういうことかといいますと、それはその当時における——まあ今でいえば佐藤でしょうけども——関白太政大臣と天皇しかその中枢の部分がわからない、そういう儀式が世襲儀式の中にあるわけです。だからそれは未だにわからない。つまり公開されているわけでもなんでもないし、わかっていないわけなんです。ただ、さまざまな史実から、こうであるまいかというような推測はできます。その推測はまた人によってすこしずつちがいます。即位式にはどうするかというと、東北とか南西というように、あるふたつの方向に田んぼを設定しまして、その田んぼから採れる稲を祭儀用に採ってきます。そして大嘗殿の中に悠忌《ユキ》殿と主基《スキ》殿というふたつの仮殿を設けて、採ってきた稲とか雑穀、つまり穀物を喰べる儀式があるわけです。喰べる儀式というのは、共食儀礼というやつで、神と一緒に何かを喰べるということで、神霊をじぶんの中に体得するというような宗教的な意味あいの儀式です。

それからもうひとつは——さあここは視てきたような嘘になるわけですけれども(笑)——ベッドを敷きまして、その中でそれにくるまるという儀式があるとされています。くるまるという儀式は何かといいますと、性行為だとおもいます。性行為で、こっちの方が神様でこっちが天皇である、というような儀式だとおもいます。おそらく近代では神の代理の方の女性はいないんだとおもいますけども、ある時代にはこれがいわゆる巫女だとおもいます。つまり最高の位にいる巫女さんと実際的な性行為をしたという時期があるとおもいます。今ではおそらく形式だけで、こっちはたれもいない、ということになっているとおもいますけれども、それもよく本当はわかりません（笑）。だけどこれが性的行為の象徴であるということ、つまりそういうことによって一面では農作物に対する農耕の儀礼というような意味あいで、つまり農作物が実るようにというような意味あいの儀礼と結びつけられた性行為の象徴であるとおもいます。基本的にいいますと、天皇制の世襲のさいに行われる儀式は、神との共食というような意味あいの儀礼と、それから神との性行為というような儀礼と、そのふたつから成っているだろうというふうに推測します。そのようなものの本体は公開されているわけではありません。依然として中核の部分がわからないのです。

大阪とか奈良とかへ行くと、天皇の墳墓だといわれている古墳があります。これを調査させれば天皇族の出自というのは、どっからきたのか、あるいはどういうやつか、というのがすぐにわかるとおもいます。ところで現在でもこれは許されているわけではないのです。だからそういうような意味あいでのタブーはたくさんあります。だけども、もしこの禁制が解けてしまえば、天皇制の命運は尽きるとぼくにはおもわれます。

現在でも政治的にいえば命運は尽きているといってよいでしょう。しかしぼくには、その命運が尽きているといういい方の中には、たいへんな安直さというのが含まれているような気がします。それはなぜかといいますと、宗教組織としての天皇制というようなものの側面が無視されてしまうからです。

皆さんはご存知かどうか知らないですけれども、六十何年ごろだったとおもうんですけど、深沢七郎が「風流夢譚」という小説を書きました。「風流夢譚」というのは荒唐無稽な高級落語みたいなもんなんです。その高級落語のなかで、〈天皇〉の首がころりと落ちる、とかというような描写がたくさんあるんです。それでひっかかって、おこるやつがいて、版元の全然関係のないお手伝いさんを殺してしまうという事件がありました。

そういう事件のさいに、いろいろな人がいろいろなことをいったんですけど、たとえば中野重治なんかはどういったかというと、深沢七郎が〈天皇〉の首がころりところんじゃうとか、〈皇后〉の首がころりところんじゃうとか〈皇太子妃〉の首がころりところんじゃうとか、そういうようなことを書くのはよろしくない、なぜならば革命が起った暁には、ちゃんと正規に裁判にかけて何かすべきであるとね（笑）。そういうふうに天皇制はあるもんだから、首がころりという表現は象徴であろうとよくないというふうな発言をしていました。

天皇制は現在の資本主義が倒れれば倒れます。つまり一緒に倒れるわけです。だけどその時倒れるということはあんまり問題じゃないんです。戦後憲法は天皇に政治的な権力を付与していませんから、そういう意味では問題にならないのです。だから裁判にかけるというような問題でないと、ぼくはおもいます。そういうことはあんまり重要でないし、また政治権力としての天皇制というのは、あんまり重要ではないとおもいます。それは現在の政治権力が根柢的に倒れれば一緒に倒れるとおもいます。しかし問題はそういうことじゃないのであって、倒れても倒れなくとも、依然として宗教性としての天皇制は残ります。もし手をつけなければ残るわけです。そのことはいくら政治的に処理しても、どうしようもない重要なことなんで、そのことはやっぱりはっきりさせなければいけないとおもいます。だけれども、フィクションのなかであれ、首がいきなりころりというようなことをかくのはよろしくない、という左翼的な文学者のいい方の中には、たくさんの虚偽が含まれています。本来的にいえば、ぼくはそういうものじゃないだろうとおもいます。裁判する必要もなしに、政治的には現在の日本資本主義が倒れれば一緒に倒れるとおもいます。だけれども問題はそんなところにはなくて、タブーの問題であり、それからまた宗教的威力である部分が天皇制の重要な部分だとおもわれます。

歴史をかんがえてみても、天皇がじかに政治的権力を同時に掌握しかつ行政的にも手腕を発揮したというような事例は、おそらく数えるほどしかないので、大部分は間接的に、つまり一種の宗教性として、あるいは宗教的な司祭といいましょうか神主といいましょうか、そういうような集団として存在してきたのです。しかしいぜんとしてそこにあるタブーは、基本的なもの、本質的なものであるために、そのタブーに手をつけない限り、直接に政治権力を掌握していなくても、あるいはたんなる神主にすぎなくても、存続してきたとおもわれます。これは裁判沙汰の問題でもなければ、首がころりというような問題でもないとおもいます。そこのところは、天皇制にまつわるタブーが現在でも現に存在するという問題に帰せられます。

たとえば英国にも君主はいるわけでしょうけれども、そのばあいに、祖先はどうであったかというようなことを調査したり研究したりすることがタブーだなんてことは全くありえないでしょう。そういうことは徹底的に調査もしますしまた研究もするわけです。ところで日本のばあいだけは、いくら新憲法の中で単に国民統合の象徴だというふうになって、政治的な権力がないようにみえても、そういう法律やタブーがあって、調査することも研究することもできない個処があります。日本は世界に冠たる近代国家だとして、しかしそんなタブーが存在するところはどこにもないのです。つまりそういうところに手をつけられない限り、天皇制は本質的な意味ではなかなかなくならないとおもいます。政治権力から遠ざかることもできますし、無化もできるでしょうけれども、なかなか威力は失われないとおもいます。これはフロイトではないんですけど、タブーのあるところに関心が集まり、また最も関心が集まるべきところにはタブーが設けられている、というようなもので、そのタブーを破れない限り、本当の意味では天皇制は破れないのではないかとおもわれます。

そうしますと天皇制が宗教的な威力としてもっている権力の構造は、いったいどういうことを意味するのでしょうか。ひとつは方位性とか方角性というものに還元できるとおもいます。その宗教性のひとつの軸は、どこか外からきた神、あるいは海の彼方からきた神というものに対する信仰ということなんです。つまりどっかの方向から神がやってきたという信仰がひとつの基軸になります。それは日本が島だということに大きく依存しています。海を渡って、いずれにしろいつかの時代にこっちへきたんだ、ということに関係するわけですけども、その〈外来神〉あるいは〈海来神〉は、他の処からきたんだ、どこの方角かわからないけれども、ともかく海の向うから神がやってきた、あるいは自分らの祖先がやってきたという意味あいの信仰がひとつの軸です。

この軸は天皇とか天孫とか天津罪とかというふうに〈天〉という字をあててありますけれども、その上の方という概念は、本当は単に上の方という意味あいじゃなくて、むしろ〈海〉という字をあてたほうがいいくらいに、海の向うに神がいて、あるいは神の領土があって、そっからやってきたという意味あいの〈海来神〉信仰があります。

〈天〉という字は元来人間よりも高い処にいるもの、つまりキリスト教的にいえば〈いと高き処にいる〉という意味で、そういう字にあててありますけれども、それは空間的にいって向うからきたんだ、つまりどこか海を渡ってきたんだ、あるいは海の向うには極楽浄土みたいなところがあるんだ、神の国があるんだ、というようなそういう宗教構造のあらわれと理解したほうがいいとおもいます。だからむしろ〈天〉という字よりも〈海〉という字をあてたほうがいいくらいに、それが天皇制のもっている宗教的な側面のひとつの重要な軸をなしているとおもいます。

それからもうひとつの軸は、一種の祖先崇拝が極まるところ、宗教性としての天皇制というものにいきつくというような、つまり世代的なといいますか、時間的なものをさかのぼった時に、なんか天皇に収斂するというようなそういう宗教的な軸がありますね。その軸は一見時間的な構造なんですけども、本来的にいえば天皇制以前に存在した国家以前の国家とかあるいは部落とか村落とか、そういうものの祖先崇拝に行きつくわけで、時間性とみえるものが本来的には空間的なんです。つまり土地とか風土とかそういうものに結びついた信仰概念なんです。それをいわば時間性としてさかのぼっていくと、どっかにほんとうは接目があるはずですけど、接目が消されているから、宗教性としての天皇に行きついてしまいます。時間をさかのぼっていくと、そういっちゃうというふうに原理的にできていますけれども、しかし本来的にいえば、それは大変空間的な土俗的な概念です。その土地に住まった者が本来ならば部落のある処に部落共同のお祭り場所を設けてそこを拝む、そういうものであって、本来は土俗的なといいますか、空間的な概念なんです。だけれども法的な体系あるいは宗教的な体系としてそれらの接目がなくなっていますから、たどって行けば天皇制に収斂してしまう、というふうにかえって時間構造的になっています。

それから本来は空間的な、つまり海の向うからやってきたというような、あるいは海の向うには神の国があるとかというような、本来空間的な形で出てくるものが、本当は時間的な信仰概念であるというふうにいうこともできます。おそらく天皇制の持っている宗教構造というものはそのふたつから成り立っているとおもいます。

そのふたつの本質は、現在も存在する法的なタブーのために、依然として不明なままになっています。だから、外来神信仰でも、これは天皇制集団というものが海の向うからやってきたということを意味するから、外来神信仰が出てくるといえるかどうかは、本当は確言することはできません。ただ天皇制の宗教的な側面をよく分析してみますと、いずれにせよ祖先崇拝みたいなものの行きつく果ての天皇制、それから外来神信仰が行きつく果ての天皇制というようにできています。

その収斂の仕方は、本来は天皇制に固有なものではないはずなのですけれども、それを固有なものであるかのようにしているのは、法国家あるいは法権力としての天皇制国家というものが、法の接目をうまく包括しているというところによるとおもいます。だから、そのところをさぐっていくかぎり、どうしても収斂していくところは天皇制というようなところにいってしまいます。それはたんに宗教、法あるいは国家だけではなくて、文化というような、まあ一般に上部構造あるいは観念構造といわれているもの、それら全部がなんとなく収斂するところは天皇制というようなところに行っちゃうという構造があって、それが戦争中に、たんにじぶんが無知であったということだけではなくて、どうもおれには解けない問題があったと感じた基本的な構造だとおもいます。それはまた逆な意味では、皆さんにとっては、あんまり天皇制なんていうのは関心ない、あるいは関係ないと戦後おもわれている理由であるとおもいます。

ぼくらの戦争中のそういう愚かさと、現在、皆さんの歯牙にもかけないというような無関心の関心みたいなことは、天皇制の宗教としての側面の基本構造がうまくつかめていない、ということに由来するだろうとおもわれます。そういうふうにひっかかってきましたから、天皇制の持っている宗教的な構造あるいは宗教的な権力を、どこから崩せるかとかんがえたばあいに、今申しあげましたような点を明らかにすることがもっとも重要なことにおもわれます。こういうところは、皆さんの問題意識とかけ離れてしまうかもしれないですけど、ぼくはやっぱり無関心というのは危なっかしいんじゃないかな、というような感じがします。たんに政治的な側面、あるいは経済的側面ということだけではなくて、宗教性として持っている基本構造をはっきりさせる課題が、今でもいぜん重要じゃないかとおもわれます。

今のところ、この課題にもっとも近くにあるのは、日本の南の方、つまり琉球、沖縄なんです。琉球、沖縄の問題は、たんに米軍基地が存在して、土地の連中が迷惑しているとか、また基地の存在なしには経済的に成り立たない部分が多数存在するというようなことでもないし、また本土復帰なんていうことをいって、それで終わることでもありません。本来的にいえば、彼らが彼ら自身で本土中心あるいはいってみれば天皇制統一国家中心に描かれてきた本土の歴史というものを、根柢から突き崩すだけの問題意識と、それから主要テーマの研究と学問と思想とをひっさげて、本土と一体になるのでしたら、それなりの意味あいがあるとおもうんですけれども、そういうことをぬきにして本土に復帰したってどうっていうことはないわけです。つまり〈行くも地獄帰るも地獄〉というやつで、どっちにしたってあまりいいことはないにきまっています。どういうことかといいますと、復帰したとかんがえたとしても、本土からみると、ひとつの僻地とか辺境とか離れ島とか、そういうような意味あいのイメージしか持ちえないということなんです。

僻地とか辺境とか後進地帯とかあるいは離れ島とかいう概念は、空間的な概念にすぎないのです。つまり、一般的に文化あるいは文明のおくれた地帯とか、遠いところ、そういう空間的な概念は、本当はそのまんますぐに時間的な概念に換えられなければいけないのです。つまり換えられる原則がなければいけないのです。後進地帯、未開地帯とか、あるいは未開国とか、あるいはアジアとかヨーロッパとかというような地域的な概念というものは、すぐに時間的な構造の中に入れられなければならないわけです。

マルクスなんかが、〈アジア的生産様式〉とか〈アジア的専制〉というようないい方をする時には、確かにインドをモデルにして概念をつかんでくるわけです。しかしたんにアジア的、地域的あるいは後進的というような意味あいだけを持っているのではないんです。〈アジア的生産様式〉というばあいには、その概念がすぐに、古代に対して前古代的というふうな歴史概念に直せるような意味あいを帯びています。そういうような言葉の概念として使われています。

そういうことはうまく了解しないと、琉球、沖縄というのは、いずれにせよ本土復帰したって、僻地だ、あるいは辺境地帯だ、あるいは南のほうの果てにある不毛なひとつの県――以前に沖縄県といったように――にすぎないというふうにしかみないことになります。しかしそうじゃないのであって、この県にしかすぎない琉球、沖縄というものを、根柢的につっついていきますと、日本の統一国家、いいかえれば天皇制国家よりもはるかに以前に、はるかに根柢深いところにゆきつきます。そうしますと、天皇制国家の起源がいかに脆弱な根拠しかもっていないかというようなことが、つきつけられることになります。つまり、天皇制国家以前の、国家の本質が、沖縄とか琉球とかにあるので、だからそこで問題を立てていけば、天皇制国家の歴史は根柢からくつがえすことができる理論的根拠がえられないことはないのです。そういう意味あいでは、ちっとも辺境でも離れ島でもありません。やはり歴史の中で、位置づける意味を持っています。そういう意味をふまえないような本土復帰運動、沖縄奪還運動というのは、一種の民族主義的な形になってしまいます。さて本土復帰してみたけれども、本土復帰の名目は自民党がみんなアメリカから取付けてしまった、そしたら名目が何もなくなっちゃってどうしていいかわからないので〈本土のやつは冷淡でしようがない〉と沖縄の労働運動の指導者がほざいたって、そんなものはしようがないわけで、てめえがバカだからそういうことになっただけです。てめえがバカだということは、要するにじぶんたちが、たんに空間的に日本の本土から離れた離れ島であり、僻地であるという概念しか（昔からそうなんですけども）もたないもんですから、そういう僻地、辺境であるという概念の中に、根柢としては日本国家、いいかえれば天皇制国家の根柢というものをつき崩せるだけのちゃんと根拠があるんだという貴重さは見当らなくなります。辺境である、あるいは離れ島であるというような空間的概念を、すぐに歴史性あるいは時間的概念に直せるだけの思想原理を持たないで、復帰運動みたいなものをやるもんだから、名目を取られたらどうしていいかわからない。それで、どうせ返すんだから、少しいじわるなことをしてやれというわけで、基地労働者の首を切ったりなんかされると、どうしていいかわからないということになるでしょう。

そういうのは、労働運動を支配している思想性がたいへん一面的だからです。いいかえれば、たんに空間概念にすぎないからです。つまり後進国とか先進国とか未開国とかあるいはアジア・アフリカ革命とか、毛沢東もよくいうでしょう、つまり後進国革命というような、つまりそういう空間概念しか持っていないからだとぼくにはおもわれます。だから、そういう空間概念はすぐに歴史概念にかえられなければならないことがあるとおもいます。おそらくそれは現在もたんに沖縄、琉球の問題だけじゃなく、ベトナムの問題でも、カンボジアの問題でもかんがえるばあいに、これは後進国におけるある局地的な問題として把えたら間違うので、そういうとらえ方自体の中に、すぐに歴史概念として、問題を転換してとらえることができる原則がなければなりません。そうでないかぎり、依然として後進国革命とか、辺境植民地の戦争だとか、局地戦だとか、そういう空間概念でしか把えることができない閉鎖性が生れるとおもいます。

このような課題の特殊性は、具体性をはずしてしまいますと、〈アジア的〉な特殊性、あるいは〈アジア的〉様式というものの中に解消することができましょう。〈アジア的〉様式の最たるポイントは、共同体の専制的な遺制が、経済的にも政治的にも宗教的にも、あるいは風俗、習慣としても、たいへん強いということです。アジア地区というのは、水利の不毛な地帯が多いですから、少くとも農耕的には不毛の最たるものは水の問題で、田んぼやなんかの灌漑の水利工事をどうするかというような問題に帰着します。そういう田んぼの灌漑工事のような大規模な工事は、個人あるいは村落の内部で処理しえないで、大規模な統一的な共同体の支配者がそれを強大な権力によって強制的に行うということになり、そこにひとにぎりの強大な専制者が生れることになります。もうひとつの特殊性は、前古代の日本的なもので、文化的には大陸と比べて、たいへん遅れていましたから、上層だけはそれをすぐに輸入して、技術だけじゃなくて、人間も一緒に連れてくるというようなこともできたものですから、安直に文化とか文明の問題がかんがえられやすいというようになります。そういうことが、おそらくアジア的な、とくに日本的な特色の一番基本になるところで、そういう問題もまた現在に至るまで依然として解かれてはいないとおもいます。いまでも昔の中国の代りに西欧からもってくりゃいくらだって簡単に文化文明はもってこられる、という安直なかんがえ方があります。

また安直さのなかでもインターナショナリズムも、またコスモポリタニズムもありますし、そういうような形で、いぜんとしてこの問題は、さまざまな側面でひきずっているようにおもわれます。こういう面がとかれていくのは、これからなんでしょうけれども、しかし、いぜんとしてタブーが存在するんだということは、やはりぼくらが考えのなかにたえず入れておいたほうがいいのじゃないかとおもわれます。

この問題に対しては、皆さんといえども免除されているわけではないんだと、ぼくにはおもわれるんです。だからこの問題の解決は依然として、ある考え方からすれば、たいへん重要な課題ですし、またある考え方からすれば緊急な課題であるというふうにおもわれます。別に国家権力の側面というのは、たんに宗教的な側面でもなければ経済的な側面だけでもないわけですし、また社会的な権力の側面だけでもないわけですけれども、ここでは特にすでに政治権力としてはなくなってしまっているようにみえる象徴権力というものが、国家として本当はかなり根深い意味あいを持っているものだということを、お話しようとおもいました。これで終わらせていただきます。

（昭和四十五年五月十六日　学習院大学）

わが歴史論　柳田思想と日本人

今日は、「わが歴史論」ということで、日本の歴史にたいするじぶんの関心を背景にしながら、できるかぎり柳田国男の業績に触れてみたいとおもいます。そして関心が交わるところでは柳田国男の日本人観についてもお話しできたらとおもってやってきました。

僕は、ちょうど戦中派にはいる年代です。戦中派というのは何なのか、僕の見方をいってみます。戦争期には、「天皇ハ神聖ニシテ侵スヘカラス」という条項のある旧憲法のもとで青春時代の少なくとも前期をおくりまして、敗戦と一緒に、「天皇は国民統合の象徴」という条項をふくむ新憲法の下で、現在までやってきた世代だとおもいます。つまり、旧憲法と新憲法の二つを、青春の前期と後期の両方にまたがって体験した年代だといえば、いちばんふさわしいんじゃないかとおもいます。「神聖ニシテ侵スヘカラス」というところから「国民統合の象徴」だというところへ敗戦を境にして天皇制の時代は大転換をとげたわけです。じぶんなりに一人前に戦争をかんがえてたつもりでしたから、八月十五日に戦争がおわって、十六日から新憲法の世界へというふうにいきませんでした。ですから旧憲法の「天皇ハ神聖ニシテ侵スヘカラス」という考えを、どんなふうに脱却していったらよいのか、そして新憲法の天皇は「国民統合の象徴」ということと交叉するところをどこでみつけていったらよいのか、敗戦後に気持のうえでたいへん苦労しました。

ですから旧憲法と新憲法を敗戦を境にしたひとつの段落とかんがえますと、僕らはなだらかな線を描きながら、じぶんなりに納得をしながら旧憲法を脱却して、なおなだらかに下降しながら、いまも下降線をふんでいるのだとおもいます。

下降の途中で、戦後の民主主義の天皇は「国民統合の象徴」と交叉し、そこでとまったかというと、そう簡単にとまれません。いまも惰性でもっと下がっていくというところまで、天皇、あるいは天皇制の理解を断層としてではなく、連続的にたどるには、どんな経路がつくれるか、どんなふうに探っていけば、そこへ到達できるか、ということが、僕らの歴史にたいする関心のいちばんの動機だったようにおもいます。

僕はいくつかの方法があるにちがいない、とかんがえてきました。ひとつは天皇制の起源ということです。天皇制がなかったときの、日本人の生き方や歴史はどうあったのか。それから天皇制ができたときに、どういうつなぎ目が生じたのか。そういうところをきちっと解明したらいいのではないか、とかんがえたのです。

そしてこのことは柳田国男への関心にすぐにつながる問題です。柳田国男は、『遠野物語』のなかで、稲作をもって日本列島に渡ってきて、日本列島に分布した人たちを日本人といっています。もっとそれ以前にも日本列島には人が住んでいたわけです。それ以前にいた日本人のことを、柳田国男は山の人、つまり「山人」というふうに呼んでいます。「山人」というなかには、いろんな仕事の人たちがいます。まず『遠野物語』で柳田国男がかんがえた「山人」は、製鉄、つまり野の鍛冶屋さんです。製鉄のやり方、技術をもって、日本列島を、あちこち流浪している民です。それからもう一つは一種の流浪している宗教者です。修験者ですね。つまり普通の僧侶の制度からはとおく外れた人たちで、諸国をまわっていた修行の者です。柳田国男は、これらの人たち、そこからさかのぼれる先祖を異民族だとかんがえていたことがわかります。つまり稲作農耕をひらいた人たちを日本人だとすれば、それ以前に日本列島にいて、山で、普通の時には狩猟とか炭焼きとか木樵とかやっていた人たち、それから『遠野物語』では釜石の近くですから昔から製鉄の盛んなところで、製鉄をやっていた人たち、それから修験の宗教者たち、そういう「山人」たちを日本列島に稲の作り方をもってやってきた人より以前にいた人たちだと柳田国男はかんがえたわけです。

そのあたりのところで、天皇の制度的な起源とそれ以前とはどんなふうにつながっていたのか、という僕らの関心は、すぐに柳田国男の問題と接触していくことがわかります。戦争中に流行した考え方に、天皇を頭にいただいて、その下にじかに平等な農耕の共同体をつくるのが理想の社会なんだ、という考え方がありました。僕らもたいへんおおきな影響をうけたものです。それで、天皇制を相対化する方法をつくりあげるには農業をやっていた者以外の人たちはどうなったんだろうか、という問題を掘り起こせばいいんじゃないか。そうすれば、農民と天皇が上下につながっているという考え方はこわせるんじゃないか、とかんがえられたわけです。柳田国男の民俗学への関心は山の人たち、つまり農耕をやっている者でない人たちにたいする関心からはじまったものです。またある意味ではそれに終始したといえるものです。だから柳田国男の関心とすぐにつながっていく問題がでてくるとかんがえられました。

旧憲法の絶対的な天皇から新憲法の相対的な天皇へ、いいかえれば神聖で侵すべからずの天皇から、人間天皇へ考えを転換させるには、いわば自然にまかせるというやり方があります。あるいは歴史の無意識にまかせるということです。つまり、日本の社会が高度な産業社会に転換していけば、天皇や天皇制にたいする親愛感も反発感も、特殊な日本的なあり方としてひとりでに薄らぎ、解消していってしまうんじゃないか。だからこの場合は文明の成り行き、歴史の成り行きにまかせれば、かならず天皇の問題は相対化されていくとかんがえることができます。

僕らがかんがえを構築してゆくよりは、自然にまかせ、歴史の無意識にまかせて、日本が高度な産業社会の仲間いりをしていくにつれて、天皇にたいする特殊な考え方、特殊な親愛感とか、特殊な反発の仕方が解消していくのはたしかです。もしかすると、僕らがかんがえてやってることは全部無駄で、そういう歴史の自然にまかせておくことがいちばんいいやり方なんだというようにおもえるわけです。そうしますと、いま申し上げた三つの方法で、絶対的な天皇から相対的な天皇制、神聖天皇から人間天皇へという戦後の移り行きは意識のうえでもらくに成し遂げられるにちがいありません。つまり、これらを内側から解明していけばじぶんなりに納得しながらいけるんじゃないか、とかんがえられたわけです。今日は柳田国男のやりました業績と関わりの深いところで、この問題の一部を申し上げてみたいとおもいます。

まず天皇や天皇制のはじまりと、それ以前とはどんなふうに社会がちがっていたか。天皇制自体にどういう問題があるのかというところからお話していきたいとおもいます。そのあいだに、柳田国男の考え方が必要なときには、いつでもそれに触れながら申し上げていきたいとおもいます。

いくつかのことがいえます。まず一つは『古事記』とか『日本書紀』とかの神話を読みますと、天皇家の起源は、南九州だと記されています。昔でいえば日向の国です。日向の国にいまの五ヶ瀬川という川があります。阿蘇山の麓の方から流れて、宮崎県・延岡というところの海岸まで流れこんでいるわけです。五ヶ瀬川を遡っていったところに高千穂というところがあります。そばに椎葉という山郷もあるんです。その高千穂というところが天皇家の祖先の起こったところ、つまりそこからおもむろに山を降りてきて東征にむかい、そして瀬戸内海を通って、大阪から近畿地方に入ることができなくて、熊野の方を廻って、それで近畿地方に入ったんだと神話には記載されています。

このことは、いまでもよくわからないことの一つだとおもいます。普通常識的にかんがえますと、北九州の方が、中国とか、朝鮮とか、いわゆる大陸に近く、当時でいえば高い文明に近いものですから、北九州の方からさきに文明が発達して、稲作も入ってくるし、それから様々な生産も行われるようになった、ということになりそうです。北九州の方から、日本がだんだん文明化していって、その勢いがしだいに近畿地方にまで及んできたととらえるのは、歴史家とか考古学者とかの一般的な考え方で、通りがいいとおもいます。それだったら具体的証拠とおもえるのがたくさん見つかるわけです。ですから北九州が天皇家の祖先だと神話に書かれているとたいへん都合はいいわけですが、『古事記』や『日本書紀』の神話には南九州の山のなかがじぶんたちの祖先の地だと書かれています。これは不思議なことの一つです。

ここで柳田国男の考え方をもってきますと、この神話の記述と矛盾しないといえます。柳田国男は大陸から稲作をもった人たちが、沖縄諸島のひとつの島へ渡ってきて、そこから稲の栽培法をもって、もっと肥沃ないい土地をさがしもとめながら、南九州にとりついたとかんがえています。南九州で何世代か滞在しまして、おもむろに航海する船をあやつる技術が発達して、瀬戸内海を航行することができるような時代になって、だんだん近畿地方までいったと、柳田国男はかんがえています。ですから南九州が天皇家の祖先が発祥したとこだという神話の記述は、柳田国男の考え方とかならずしも矛盾しないとおもいます。

しかし、歴史学や考古学がさしているところはそうではなくて、南九州よりも北九州の方が先に文化が発達したはずですから、北九州に王家の祖先があって、そこの人たちが関門海峡を通って、瀬戸内海を近畿地方にやってきた、とかんがえるほうが自然だということになるとおもいます。しかし、二、三の素人の歴史学者は南九州が天皇家の発祥地だという考え方を肯定しています。

柳田国男は日本の国を統治した人たちの歴史とか、天皇家がどうであったとかいうことは、本当はあんまり関心がなかったとおもいます。関心があっても二番手、三番手くらいの関心でしょう。柳田国男が関心をもっていたのはやはり常民と呼んでいる、なんでもない人たちの歴史でした。つまりいまの言葉でいえば、一般大衆の生活や風俗の歴史ということになります。

有力な歴史学の学説として、大陸の騎馬民族の末裔が天皇家で、それが日本列島へ渡ってきて、九州から中央の近畿地方に入ったという騎馬民族説というのがあります。柳田国男はこの学説に批判的でした。そういう意味では柳田国男なりに天皇家の出現についての考え方があったと思います。でも、あまり表面にはださなかった人です。天皇家や支配者がどう変わっていったかということが歴史なのではなく、何でもない常民の人たちが、どういうふうに日本列島へやってきて、どんな生活をしてきたか、どういう習俗をこしらえたか、どういう物語をつくり、どういうふうに生活を楽しんできたか、どういうふうに苦労してきたか、というようなことがほんとの歴史なんだ、というのが柳田国男の根本的な考え方でした。

ただ僕らが、何故天皇家の起源とか発祥地ということにことさらにこだわるかといいますと、天皇制でいちばん苦労した年代のような気がするからです。つまり戦前、戦中の天皇制と、戦後の天皇制の大転換にたいして、内心のつじつまをあわせ、ごまかしのない史観をつくれなければ、戦後を歩むことはできませんでした。戦後の問題はそこからはじまる、ということでした。

もう一つ、神話の記述でとても大切なことがあります。

それは何かといいますと、『古事記』『日本書紀』の神話は国土の成り立ちを記述しています。そのばあい日本の国土が「島」からできているという認識をもっていることです。「国生み」の記述では鉾から雫をたらしたら「島」ができたということになっています。そしてつぎつぎ「島」がつくられて日本国ができた、といっているわけです。「国生み」というばあい、いつでも「島」単位の認識をもっていたということです。

これはとても重要なことにおもわれます。つまり、「島」という認識しかないということは、どうかんがえても、天皇家の祖先や、それに関係が深い人たちが、とにかく海に関係のある人たち、つまり海人だということです。つまり、「国生み」の記述をみますと、この神話をつくった勢力は海に関係の深い人たちだとかんがえないわけにはいきません。

いちばんはじめの島として淡路島がくるわけですが、淡路島のつぎには、四国がきて、四国のつぎには九州がきて、その中間に日本海の隠岐島が生みだされたりします。だから、神話では、全部「島」からできあがった国という考え方がもたれています。このことはとても重要なことです。

もうひとつ大切なことを申し上げます。神話のなかではイザナキの命とイザナミの命、つまり天皇家の大祖先にあたる神話の人物が「国生み」をしたとき、生まれた「島」は、例えば四国では、四つにわけられています。それは、伊予の国・讃岐の国・阿波の国・土佐の国です。そうわけられたひとつの「島」の四つの国は、別に人の名前をもっていたと記載されています。例えば土佐の国はタケヨリワケという男の人の名前も同時にもってました。阿波の国はオホゲツヒメという女の名前をもっていました。讃岐の国はイヒヨリヒコという男の名前をもっていました。伊予の国はエヒメ、これはいまでも県の名前できかれますが、エヒメという女の名前をもっていました。つまり土地というものは同時にことごとく人の名前と関連がつけられています。これはとても特徴ある記述です。

こういう考え方を現在まで日本列島のなかでのこしているのは、アイヌの人たちだとおもいます。つまり、土地の名前、自然の山や川それから地形の名前を、すぐに人の名前になぞらえています。土地は擬人法で人の名前になぞらえていることはありますが、地名をつけないで、地形の呼び方をすぐに地名の呼び方とおなじにしてしまう、というそういうやり方がいまものこっているのはアイヌの人たちだけです。

この考え方は、日本の神話の神武天皇以前の記述では目立った特徴だといえます。僕の考え方でいえば、この特徴は一般的に「縄文時代的」なんじゃないかとおもいます。アイヌの人たちも含めて、「縄文的」なんじゃないか、とかんがえています。『古事記』や『日本書紀』の神話のなかにあるこのおおきな特徴は天皇、すくなくとも天皇制がじぶんたちの祖先のものだとかんがえ、区別していることを意味しています。

ここはとても問題のところです。神話は、歴史や考古学の事実とはいまのところよく合致しない部分があります。また神話の虚構にはそれなりの合理的な根拠はありますが、かならずしも事実と合致しなくてもさしつかえはありません。神話の記載では天皇家の祖先は、南九州の山の中にいたことになっています。その山の中にはいったところには考古学的にいって縄文時代に、おおきな集落が栄えたところがあることが知られています。そこらへん一帯をじぶんたちの祖先の住んでいたところだ、そこがふるさとで、そこから山を下りていって、海を渡り、かなり長い年月をついやして近畿地方にはいってきたんだ、もし神話の記載と考古学の事実を合致させてかんがえますと天皇家がそうかんがえていたことを意味しています。

しかし現在のところ、歴史や考古学の示唆によれば、天皇家の祖先の地域が南九州だという根拠はなくて、北九州だという根拠の方がすこしだけ大きいようにおもわれます。しかし、二、三の歴史学者は、南九州でいいんじゃないか、とかんがえているとおもいます。理由づけは色いろいい方はあるんです。北九州で王家あるいは王朝として栄えていた、とすれば、そういう人たちがことさら海を渡って、近畿地方にいこうなんてかんがえないから、それよりももっと辺鄙な南九州出身だということの方が妥当なのかもしれない。そういう考え方をしてる人たちもいます。

土地の形から自然現象の端はしまで神様の名前になぞらえているこのやり方は「縄

文的」だとおもいます。天皇家の祖先が南九州に神話的な郷土を立て、神話自体で南九州の縄文の出身であるとして、それがある契機をもとにして、日向の国の海岸線から船に乗っていまの広島の方に行き、岡山県の方に滞在したりして、そこから近畿地方にはいっていったという経路をさしています。そして神話は「島」を認識するばあい瀬戸内海では中国地方よりも四国地方のほうを詳しく記載していますから、そこらへんは海の人にすれば重要な意味をもっていたんだとおもわれます。

柳田国男は南の島から稲作のやり方をもってきて、いい土地を求めて南九州の方にとりついた人たちが、南九州へ稲作の仕方を広げていく、そして幾世代かしてまたそこを移って瀬戸内をとおって、近畿地方へ入ったとかんがえているとおもいます。しかし、天皇家の勢力がはいってきた、ということは少しもいってないで、弥生時代に稲作をもってた人たちがはいってきたという考え方をしています。柳田国男は稲をもってきた人たちを日本人というふうにかんがえていました。しかし稲をもってきた人たちよりずっと以前に、日本列島には人が住んでいたわけです。縄文期にはたぶん北側は北海道、それから南側は沖縄諸島の外れのところまで全部、分布していたとおもわれます。それは大陸的であるか、そうでないかは、まだ不明でよくわからないところがあります。そこへ、弥生時代に稲の人たちがくりかえしやってきて混血して現在の日本人になったというのが実情でしょう。

柳田国男は、稲をもってきた人たちへの深い関心はありました。一方、はじめに民俗学をひらいたときには、稲をもってきた人以前に日本列島にいた人たち、山の中で狩猟をしたり、木樵をしたり、製鉄に携わっていたりという農業民以外の人たちにたいする関心が、柳田国男の関心の主なところを占めていました。柳田国男の民俗学の姿勢からみますと、一見、孤立した民族のようにみえるアイヌの人たちもやはり「縄文」の人たちとして含まれてくるわけです。柳田国男はアイヌの人たちは日本の縄文時代の人たちの直系にちかいのこりなんだとかんがえていました。柳田国男のいうところを、推測して普遍化していきますと、どうしてもそういうところにつきあたるような気がします。

政治的な制度として日本の神話が天皇の在り方について記載するところをさかのぼればのぼるほど、ある制度が顕著にみえてきます。この王制は兄弟と姉妹で占められています。例えば王家の姉妹とか叔母とかは、一種の巫女で、神の御託宣をうけて、その巫女のお告げにしたがって兄弟が、政治を司る、そういう形が神話からみえてきます。例えば神話の記載の中で、アマテラスオオミ神という女性がいて、神様にとり憑くおおきな力をもって種族の母の役割をしています。そして弟にはスサノヲノミコトという男神がいて、二人で「国生み」をするかたちがみえます。そういう制度のかたちは村落の下の方でもあったといえるのです。王家でいえば姉妹の方が神様のお告げをとりついで、それに従って兄弟の方は政治的な制度を運営することになります。

ところで、神話時代をもっとくだって初期の神武、綏靖、安寧といった十代までの初期天皇についての記載を、『古事記』とか『日本書紀』でみてみます。そこでは兄が神事を司る宗教者になって、その弟は天皇になって国を司るというかたちがみえます。兄が現人神になってその託宣に従って弟が天皇になって政治を司るという制度です。皆さんよくご存知の神武天皇の東征神話でいいますと、瀬戸内海を吉備の方から難波、つまり大阪に入ろうとします。そうすると大阪に土地の豪族の長髄彦《ながすねひこ》がいて神武の軍勢の上陸を阻止します。その戦のとき神武天皇の長兄の五瀬の命というのは長髄彦の矢にあたって傷をうけてしまいます。それで紀伊半島を迂回して熊野の方に渡って、そこから上陸するのです。そして熊野地方を横断して吉野地方から奈良盆地に入ってくることになっています。

それで五瀬の命はその時にあたった矢の傷がもとで、途中で犠牲になって死んでしまうわけです。その神話物語で五瀬の命は何かといいますと、神人、つまり現人神であるわけです。神様の御託宣をとりつぐ神人であって、その神人の犠牲死があって大和地方の平定が成り立ったというのは神話の記載の真意だとおもいます。つまり神武天皇があるのは、五瀬の命（それは唯一天皇家の出生の地名五ヶ瀬川の上流を暗示する）が犠牲になって死ぬという神の意向の上に成り立っていることを暗示する物語になっています。そして五瀬の命という長兄の名前だけが、出生の地である五ヶ瀬川を神名にしているわけです。次兄は神話の記載によると海の波を伝って常世の国にいってしまった。それから、もう一人の三兄は海の波に入っていったと記載されています。残った末弟の神武天皇が大和地方を平定するのです。

二代目の綏靖天皇というのもやっぱりおなじでして、二番目の人物が綏靖天皇になっています。むろんその場合も兄は神人で、忌人だと記されています。

兄が神事を司り、弟が政治を司るという初期天皇群の制度の意味づけになった神話が、神武記のなかにあります。神武天皇の妃イスケヨリヒメは、神武天皇の没後に九州にいた時代の神武の子タギシミミの妃になります。義母が庶子と再婚するわけです。タギシミミはイスケヨリヒメが生んだ子供たちを殺そうとします。イスケヨリヒメは暗号になる歌を詠んでタギシミミがお前たちを殺そうとしていると、実の子供たちに教えます。そこで大和の国で生まれた二人の兄弟カミヤイミミとカミヌナカワミミは、結束して九州時代の神武の子タギシミミを逆に殺そうと企てます。兄のカミヤイミミは手足がふるえて殺すことができず、弟のカミヌナカワミミが、タギシミミを殺しまず。そこで兄のカミヤイミミはじぶんは仇を殺せないで、おまえがタギシミミを討ったのだから、おまえが天下を治めよ、じぶんは忌人になって仕えようと、弟のカミヌナカワミミに言います。そしてカミヌナカワミミはタケヌナカワミミと改名し綏靖天皇になるのです。この神話は多分兄が神事を司り、弟が政治を司るという、初期天皇群の政治制度のやり方をしめすための神話だとおもいます。兄は現人神ということで生涯神事だけを司り、結婚もしないし、子孫もつくらないのです。政治を司る弟の天皇家の子孫はのこります。

その制度については僕らが暗示的に知っているかぎりでは、長野県の諏訪の地方に、諏訪神社を中心に神人共同体みたいなものが古代からあり、そこのやり方が神事を司るものと政治を司るものが男と男だという制度をもっていました。それから瀬戸内海でいいますと、大三島を中心に河野水軍の祖先が神人共同体をつくり兄が現人神で神事を司り、弟がその辺りを統括して政治を司るというかたちがあった、という伝承があります。

柳田国男の民俗学的な習俗の領域に入りますと、地方の神社を中心にして当番の社家があります。社家があるところでは兄弟でもって、村の世話役と神事を司るというかたちはのこっているところが沢山あります。しかし、一般的に古代の国の制度としてあったとおもわれているのは、僕らの知っているかぎりではその三つしかありません。でもかなり確実に、一つの時代の政治的な制度のやり方としてあった、とおもわれるわけです。

この兄弟が祭司と政治的な統治を分掌する制度と、姉妹が神事を司り、兄弟が政治を司る姫彦制が、どちらが先で、また後であるのか、あるいはどちらが多くまたどちらがすくないのか、どちらが先住的でどちらが後住的か、あるいはどちらが西南的でどちらが東北的か、こういったことを決めるのはひとつのおおきな課題としてあるようにおもわれます。現在は残念ですがあてずっぽうに推量することはできますが、これは確定的に、こうじゃないか、と断定することはできません。

おなじ神武記のところに東征以前に九州地方を統一しようとして宇佐地方にゆく記載があります。そこには宇佐神宮を中心とした豪族で、ウサツヒメが神武の一行を歓迎する記述があります。その場合、ウサツヒメとウサツヒコというように豪族の名前が二つ併記されているときには、一方が神事を司り、一方が政治を司る制度が、存在したことを意味しています。つまり、こういうふうに、神話の時代は国家的な規模でないばあいもその地方の豪族の二つの名前がならべてあり、それには二種類あります。ご存知のように熊野、吉野地方に入ってからエウカシとオトウカシという兄弟がいて、エウカシの方は神武天皇の軍隊にたいして、矢を射かけて反抗するけれども、弟のオトウカシの方は恭順の意をあらわして兄を殺してくるという記載があります。この場合、エウカシというのは兄で、オトウカシというのは弟で、この二つの名前が並べてあるのは、エウカシのほうが神事を司っていた兄、オトウカシの方は政治を司っていた弟ということを意味しています。このほかにもエシキ、オトシキが磯城地方にいた記載もあります。

神話のなかに二つ並列して豪族の名前が記載されているばあいには、どちらかが神事を司り、どちらかが政治を司るのですが、その例は兄弟姉妹が並列に記載されているばあいと、それから兄と弟が記載されているばあいと、二種類にわかれます。これは地域によってそうなのかとみていくと、かならずしもそうとはかぎらないのです。だから、それじゃあ、どちらかが古い制度なのか、ということもはっきりといえません。

兄弟姉妹が神事と政治をふりわけていた制度は、近畿地方より西南の方の制度で、東北の方は、兄と弟の分掌する制度ではないかと地域でふりわけられるような気もしますが、それもあまり断定的にいうことは、できないとおもいます。柳田国男が、この問題について触れているのは、もっぱら姉妹と兄弟とが、神事と政治を司る制度についてです。「妹の力」のような文章でも、いかに男兄弟にとって姉というものがおおきな力を持つか、あるいは一般的に村落の家々の生活にとって、女性の力がどんなにおおきなものだったかを、柳田国男はしきりに説いております。そういう制度について柳田国男が歴史以前の時代から歴史時代にかけて一所懸命かんがえていたのだとおもいます。

兄が神事を司り、弟が政治を司るという制度については、柳田国男はまずあからさまには触れていません。女性の神事についてならば、家祭という面から東北地方の「オシラサマ」についてもふれています。「オシラサマ」を司るのは、その家の女の主人で、「オシラサマ」がたいへんな力になって、家を治める力能をもつようになると述べています。

兄弟、あるいは別々の男性が神事と政治を司るという制度の問題は、多分ごく近年になってはっきりしてきたことで、そんなに古くは研究の眼がむいていなかったとおもいます。

いままで申し上げた兄弟・姉妹制と、兄弟・兄弟制のあり方に関連して、その制度を初期の天皇群にあてはめていきますと、付随していえることがあります。例えば神武天皇は東征のおわりに大和の国にはいってくるわけです。そこで橿原というところに神話の記載によりますと宮殿を定めます。そこで政治をすると書かれています。イスケヨリヒメというのがお妃になるわけです。神話の記載によれば、神武天皇がオオクメノミコトを連れて高佐士野あたりをふらふら歩いていると向こうに七人の娘が歩いていきます。オオクメノミコトが七人のうち誰がいちばんいいとおもうか、その女性にわたりをつけてあげるというわけです。神武はいちばん先頭をゆく女性がいいといいます。オオクメノミコトは交渉にいくわけです。そのときいちばん先頭を歩いていたのがイスケヨリヒメでした。神話の記載の通りに申し上げますと、イスケヨリヒメは三輪山の麓を流れている狭井川の上のところに住んでいます。いまの三輪神社の神域にある狭井神社の辺りだとおもいます。それで神武天皇はそのイスケヨリヒメの住居へ通っていたと記載されています。

この記載が意味してるのは、政治を司る神武天皇は、個人の男性として三輪山のあたりの村落の母系制に従って、じぶんが見初めた娘のところに通っていく「通い婚」のやり方をしていたということです。つまり政治・神事の制度としては男・男制を取りながら、じぶんの勢力圏にある村落の制度にしたがって娘を召し連れていって宮殿に住まわせるまえに、入り婿として、じぶんの方が、イスケヨリヒメの家がある狭井川の上流のところに通っていくわけです。つまり婚姻制度として村落で行われているのは母系制にしたがっています。

ですから家の制度としては母系制をとり、公的な政治の制度としては、男・男制をとっていた、というのが初期の天皇群の本来のあり方でした。そして例えば宮殿が次の天皇のときにはそんなに離れていないのですが、また別の所にかわってしまうのです。それはどうしてかといいますと、通っていったお妃になる女性の家が、それぞれちがっていて、その女性の家の勢力圏に宮殿をつくるというやり方をしていたからだとおもいます。そしてたぶんイスケヨリヒメはその当時三輪山の周辺にあった村落共同体の首長の娘だったとおもいます。そうするとその娘を娶るということは、母系制社会ですから、その村落を支配する力をじぶんのところにえたことを意味しています。天皇がかわればちがう女の人のところに通ってゆくはずです。しかも天皇家ですからその地方の豪族の家に通ったにちがいないとおもいます。そしてまたしばらく通って宮殿に住むとすれば、今度はそこの村落を支配するのにいちばん都合がいい場所に宮殿をつくるということになります。だから、一代ごとにちがう宮殿になってしまいます。それが初期天皇群の宮殿の所在地が一代ごとにちがう記載になっている理由だとおもいます。

最後にもうひとつだけ大切だとおもえることを申し上げてみます。初期の天皇が南九州から東征して、近畿地方に入ってきたという神話の記載を、歴史や考古学の事実に対応させようとすれば、どの時代にふりあてたら矛盾がすくないのかという問題です。どの時代だったのかということについて、まだ確固たる定説がないというのは現状だとおもいます。歴史学者も考古学者も、それから神話学者もはっきりというほど確定できていないことだとかんがえます。

ひとつの考え方を申し上げてみますと、神武天皇が南九州から瀬戸内海を通って近畿地方に入って都を定めたという神話の物語伝説は、稲作のおこった弥生時代に九州から稲作が広められて、近畿地方まで及んでいったことを、神武天皇の東征は象徴的に物語化しているんだ、つまり弥生時代の農耕が日本列島に西の方からひろがって近畿地方に入ってきたということを、象徴している物語としてみることです。つまり神武天皇という個人が実在かどうか、あるいは神武天皇から十代までの天皇が本当に実在したかどうかはわからないとしても、それは弥生時代に稲作をもって九州から近畿地方に入ってきた弥生人たちを象徴する人物としての意味をもつという考え方の学者がいます。

こういう説には様々の根拠があります。そのひとつの根拠は、地名です。神話の記述ではまず神武天皇が難波（大阪）のほうから上陸しようとしたとき、長髄彦の軍隊から阻止されます。そして熊野の地方から上陸して吉野の山のほうを通って、平地にでて三輪山の方までやってきます。その途中土着の豪族の抵抗をうけます。抵抗した豪族たちの住んでいる場所の地名はことごとく、現在でいえば縄文時代の村落の在り処だった、つまり縄文時代の遺跡がでてくるところだったということです。場所が十あると十ぜんぶ、そこから縄文時代の遺跡がでてきて、いずれもその場所は縄文時代の水際だということです。それで、もしそれが何らかの実在の地名と地勢の反映でないとすれば一ヶ所くらいは、縄文時代だったら海の底じゃないかといわれるような地名がでてきてもいいじゃないか。それなのにいずれも縄文の山麓で水際に近い場所だということです。

大和盆地は、考古学では縄文時代には海抜七〇メートルぐらいまでが陸地で、あとは水が入りこんでいました。神武記の地名はすべて海抜七〇メートル以上のところです。これは何らかの意味で、史実を反映していることを意味します。縄文末期に稲作をもった人たちがそこへ入ってきて、村落を定めて、村落がまとまって、その共同体がつくられ稲作がはじまり、また制度的に国をつくり始めた。そういうことの象徴なんじゃないかっていう、考え方が一つあります。

それから、もう一つ、大切だとおもわれる考え方があります。大和盆地にはわりに高いところに、ちいさな集落ができていて、その集落には砦みたいな、つまり戦争用に使ったんじゃないか、とおもわれる跡があります。縄文以降の高地性集落です。その集落はずっと点々として四国を通り、それから九州を通っていて、北九州まで分布しています。そういう集落がきえてしまったあとに、古墳時代がやってきて、おおきな古墳が築かれるようになっていきます。古墳時代というのは、国家ができておおきな勢力の国王がうまれたことを意味していますから、王国が統一する時期、高地性集落に拠って九州から中部地方にわたる、全域を含めたような、おおきな勢力争いが行われて、その勢力争いが、一応済んだあと、古墳時代に入るという意味になります。古墳時代にはいったときに、国王として統括的な位置を占めたのが天皇家を象徴しているんじゃないかという、見方もあります。

それから、そういうことはありえないので、弥生時代中期というように、その遺跡をみていくと、近畿地方と九州地方とは、祭器から別々であるような集落ができていて、北九州を中心とする九州地方の勢力と、それから近畿地方を中心とする勢力が相争っていた時代があったんじゃないか。それはどんな結末がついたのかわからないとしても、それ以降に古墳時代がはじまって、初期の統一国家がつくられてきたのではないか、そういう考え方もあります。

神武天皇から十代までの天皇群は伝説の天皇で、決して実在していたわけじゃないんだ、という考え方はいまも有力です。しかし、そうじゃなくて弥生時代中期には、あるいは弥生時代初期には、すでに近畿地方に沢山の人たちが稲作をもって入ってきた、近畿地方に高地性集落があって、戦争した形跡さえある、そういう考え方の人たちのうちには、神武天皇から十代までの天皇群はもちろん実在していたという考えに近い考え方で、そんなにおおきな支配地をもっていたか、いなかったかは別として、実在していた大和盆地の首長だという見解もあります。

いくすじかの考え方のうちで、どれが正しく、どれがそうでないと、結論づけることはいまのところできないとおもいます。しかし、いろんな専門、いろんな関心のところから解明されて、遅々としてはいますが、かなりな程度までつきつめられてきているということができます。

こういう問題について、柳田国男は、ことさら天皇の問題にかかわって言及はしていないんですが、推測をまじえて申し上げてみます。柳田国男は決して、稲作をもってきた人たちが、朝鮮半島を経由して北九州に入ってきた、とかんがえてはいませんでした。その人たちは南の島づたいに、南九州に入ってきて、南九州で何代か経て縄文式集落をつくり、おいおい稲作をやり、様々な技術を採り入れて、発達した農耕や道具の技術をもったある段階がきたとき、瀬戸内海を通って、近畿地方に入って、そこで稲作農耕の集落をひろげ初期の王朝をつくった、というふうにかんがえていたとおもうのです。ですから天皇家の系譜をいうなら、弥生時代を象徴する王家だったと柳田国男はかんがえていたとおもいます。弥生時代を象徴する王家が、いっぺんに人をひきつれてくる、というのは、神話であるかもしれませんが、とにかく、稲作をもった人たちがどんどん近畿地方へ入っていった、そういうなかから、ひとつ王家を築いていった。だから、「弥生人の勢力」というようなものの象徴として、天皇制の勢力が成り立っていったんだ、それが柳田国男がかんがえていたことだ。推測をまじえていえば、そうおもわれます。

そして柳田国男にとって、重要なことは、「弥生人の勢力」（農耕社会をつくった勢力）以外のものはいったいどういうふうに先住し、どうなっていったのか、ということだったでしょう。人によって、柳田国男の理解のしかたのニュアンスがちがいますから、それぞれの推測がちがうかもしれません。柳田国男は「山人」といったり、あるいは、アイヌ人といったりした人たち、あるいは、マタギといったりサンカといった人たち、またタタラ師といった野の鍛冶師たち、そういう人たちへの関心がおおきかったのですが、それは先住者またはその子孫とかんがえていたからだとおもいます。後期には農耕社会にたいする関心と、その首長である専制君主の天皇にたいする関心へだんだんうつっていったという、解釈の仕方もあります。僕自身は、そういうふうにかんがえていません。

柳田国男は、あからさまな言葉を使っているばあいも、それから象徴的な言葉をつかっているばあいも、それからメタファー、暗喩みたいな言葉をつかっているばあいもありますが、ほんとうの関心は、さいごまで農耕民でない人たち、つまり「山人」と柳田国男が呼んだ農耕以外のことにたずさわっていた人たちにあったのではないかなとおもいます。柳田国男のなかには、二つの中心があって、一つの中心は農耕共同体のしきたりとか、伝承とか、その頂点にある天皇の宗教・婚姻・神話などだったとおもいます。もう一つの中心は、農耕民以外の人たちにたいする関心だとおもいます。柳田国男は天皇家がはじまって以降の日本の歴史に、それほどのおおきな比重をおいてなくて、むしろそれ以前の日本列島にそれ以前に住んでいる日本人にたいする強烈な関心がありました。その人たちへの関心が含まれないでは、日本人は、かんがえられないんだとおもいつづけていたでしょう。それは柳田国男のなかの矛盾といえば、矛盾といえるかもしれません。かれはこの矛盾を書き記してはいないようにおもいます。初期の柳田国男とそれから晩年の柳田国男と比べて、かた一方は正面に位置して、かた一方はうしろがわにまわっているとか、かた一方は表面にでてきて、かた一方はあるときは内側にまわっているというようなことがありますが、これは柳田国男のなかにある自己矛盾であったり、あるいは二重の関心であったり、あるいは二重の共存の形であったりしたはずです。柳田国男のなかに常民と呼んだ一般大衆にたいするおおきな信頼感と、おおきな親和感がありました。また農耕社会のあり方と、その頂点にたつ天皇家が問題になったばあいには、柳田国男は「皇室崇拝主義者」で、また農耕社会にたいする親和感が前面に大きくでてくる、そんな形に終始したとおもわれるのです。

柳田国男を語るばあいこのどちらか一方に片よせようとしますと、難しいことになってきます。つまり、柳田国男の民俗学にはいつでも、二重の含みがありまして、この二重の含みのおおきさが、柳田国男の特徴になっていたんじゃないかとおもいます。この柳田国男の特徴は現代にも死んでいないのです。おかしないい方ですが、全体的にこの二重の問題が日本人のもっている二重性につながっています。弥生時代以降の日本人、あるいは初期天皇の朝廷が成立して以後の日本人とか日本国家のあり方と、それ以前に日本列島に北から南まであったかもしれない国家または国家までいけなかった、村落の共同体との二重性がそれです。こういう問題を現在でも追求しないといけないという問題の立て方を、最初につくりあげたのは柳田国男だとおもいます。

近代以後の天皇制や日本国家の絶対性は、いってみればたかだか二千年足らずに過ぎないものです。縄文以前、また縄文時代以後からの日本人の系譜からみればこの天皇制は飯粒みたいに小さくみえます。そういう時間のなかで日本人とか、日本列島とか、日本国家をかんがえていくことができます。そういう時間の延び方と関係を柳田国男から学ぶことがとてもおおかったとおもいます。

僕らはそれを学ぼうとして、最初は南の島に関心をもちました。つまり本土ではない沖縄の地方の問題に、天皇制よりもっと前の日本国の問題がのこっているだろうとかんがえ、しきりに追求したんですが、どうしても壁にぶつかるわけです。その壁は何かといいますと、二つあるんです。沖縄の民俗学者はじぶんたちも日本人で、その日本人というのは柳田国男のいう「弥生人」だというように位置づけようとするモチーフをもって沖縄学をはじめました。弥生人の末裔が、北九州から沖縄の方の島の方に枝わかれするものと、本土の近畿地方にまで分布する主流とにわかれたという問題意識です。つまりじぶんたちもおなじ日本人だというモチーフがどこかにあるわけです。僕らは方向が反対じゃないかとかんがえました。沖縄の人たちは、「弥生人」よりも以前に日本列島に分布していた日本人の要素を、本土に稲作をもって分布した人たちより、たくさんもっているとかんがえました。

日本列島には山の上にある、おおきな石とか、山の上にあるおおきな目立つ樹木とか、村落のはずれにあるおおきな樹木とか、石とかが、信仰の対象として全体に分布しています。一般的に、神体山の信仰といわれています。三輪地方でも葛城地方でも、村落の周辺のちいさい低い山などが信仰されています。その山の頂点にいけば、おおきな石や目立つ樹木があって、それが神体として信仰されています。それは神社信仰の古い形になるわけです。こういう信仰の「持ち主」はどこの誰で、近畿地方の大和盆地に、この信仰をもってきたのは誰なのか、それは天皇家が独自にもたらしたのか、あるいは弥生時代のどこかでもたらされたのか、それとも弥生時代以前にもう大和盆地にもその他の地域にも分布されていたのか、これが確定できませんでした。

柳田国男はさまざまなちがった形をとった信仰――東北地方からアイヌ、大和の三輪山に伝わる信仰、それから沖縄に伝わる信仰まで全部を含めまして、それらすべてを貫通するように、信仰の形態を抽象化して、その根柢がほぼひとつにつながることを見つけだしてゆきました。どんなことかといいますと、樹木信仰とか、大きな岩信仰のようなものが村落のはずれの山にあり、山の頂きに巨石があったり神聖な樹木が生えていて、神様がその樹木や巨石を伝わって地上に降りてくるという信仰は、東北地方でいえば、オシラサマといいまして、オシャモジみたいなもの、あるいはただの木の棒に布切れをかぶせまして、そこに顔を書いて着物を着せかけてそれを祀った、そういう信仰と、じつはおなじものだということを、柳田国男は洞察していったとおもいます。それから、オシャモジの木地師も、こけしをつくる木地師もいますが、もとをどんどんたどっていくと、山の上の神聖な樹木を祀っていて、そこから神様が降りてくるという古くからあった信仰の人とおなじことになるということです。この種の関連をつけていきますと、樹木信仰は、必ずしも生のままの樹木の形でなくてもいいし、また山の上になくてもいいことになります。そうかんがえていきますと、この信仰の形は、日本列島を北から南まで全部分布しているとかんがえられることを、柳田国男は示唆したということができましょう。

柳田国男の民俗学のいちばん奥の方にあるのは、こういう暗示と、それが全域につながっているという認識だといえるのです。このことはとても重要におもいます。そうしますと、アイヌの人たちも、東北の人たちも含めて、それから南西諸島のいちばんはずれの人たち、つまり八重山諸島の人たちも含めて、すべてつながりのなかにやってきます。それが現在のところかんがえられるいちばん深層の日本人という概念だとおもいます。この柳田国男の掘りおこしたものは僕らの歴史にたいする考え方、私的なモチーフでいえば、天皇制の問題についての考え方におおきな示唆を与えてくれたとかんがえています。そのことによって、日本人気質とは何なのか、それから、天皇制・天皇家とは何なのか、あるいは日本人というばあいには縄文人までも含めて日本人というべきなのか、ということに、はっきりした画像を与えられたとおもうのです。

現在まだたくさんのことが未確定ですし、また、はっきりした考え方をもてないで曖昧なことはたくさんあります。しかしわかった部分だけにしても、かなりの程度までこの問題を追いつめていくことができてきました。柳田国男の方法は「こうこう調査したら、こういうことがわかった」というような、実証的なものではありません。一種の流れる文学的な文体で、うかうかすると、ふっと通り過ぎてしまうばあいもありますが、また、逆に一行の裏に書いてあることが、こんな膨大なこと、どうして解明できたのかな、とびっくりするようなことを含んでいることがあります。それは「無尽蔵の宝庫」だとおもえるかとおもうとまた、これは「無方法の方法」で、どこに始まりがあり、中があり、頂点がありということがわかりにくく、とってもとっつきにくい文体だなとおもえるときがあります。

『金枝篇』のフレーザーのような民族学者のやり方と、柳田国男のやり方では、とてもちがうところがあります。それから、日本的なやり方と西欧的なやり方では、たいへんちがうやり方のところがあります。柳田国男は、西欧的なやり方を充分に踏まえて、充分によく知って、調べておいてあるのですが、それをおくびにもださないで、内側から解明しながら、いつか普遍的な世界に通じる言葉にでてゆくというやり方をしています。けっして、外側から「こうだ」というやり方をとっていません。内側から、内側から、論理でせめられない、外側から論理でせめられないところは手触りでせめる、手触りでせめられないところは、匂いでせめる。匂いでせめられないときは色でせめる、そういうやり方を駆使しています。僕らみたいに生半可に論理的な思考を身につけ、やたらに振りまわす中途半端なところからは、あるところで、まどろっこしいところがあります。その反面、やはり意識して、こういうやり方をするというのは、たいへんなエネルギーだなとおもうときもあります。

またその記述がとても鮮明な画像をつくりあげているところがありますが、その鮮明なイメージは、外からの知識とか、外からの論理を知っていてそれを使わない、という禁欲的な認識が与える鮮明なイメージだといえましょう。知っている知識はなんでも使っちゃうというふうにやったら、柳田国男の文章のもつ鮮明な像は作れないでしょう。内側から論理だけ、経験だけ、実証だけじゃなくて、言ってみれば、色とか匂いとか、ありとあらゆる触覚的なもの、視覚的なもの、聴覚的なものまで、動員してくるやり方が文体の像の秘密であり、柳田国男の方法的な特徴であるとおもいます。この特徴は、僕らに学べといわれても無理なものです。僕らは生半可な論理ばっかり身について、それを軽々しくふりまわすからです。しかし、この柳田国男の方法は文体でもっておおきな示唆を与え、その影響ははかりしれないところがあります。

最後にひとつだけ申し上げます。日本の天皇制、日本の初期国家をつくった勢力は、ひろくいいますとアジア的な権力のなかの一つのあり方です。日本の民俗、習慣の世界は何かといいますと、アジア的な風習のなかの一つで、そのなかの島国らしい民俗、風習の一つだというふうにおもいます。アジア的な制度みたいなものの、あり方の特徴はなにかといいますと、単純にマルクスという人によって得られたものですが、第一は土地の所有者が国王一人に帰するということです。つまり、土地の所有者は昔の言葉でいえば、「上御一人」つまり天皇家だけが土地の所有者で、それ以外のものは土地をもっていたとしてもお上から借りているのだという考え方をとります。それがアジアの特徴だ、ということです。これは、思いあたることがたくさんあるとおもいます。若い人はどうでしょうか。でも僕らの父親の世代くらいには、まだじぶんが土地所有権をもっていても、こころのどこかでは「お上」のもちもの意識を離れないようなところがあるのを、よく見聞きしました。

もうひとつの特徴は貢ぎ物をとる制度です。現物で、例えば農産物であれば農産物を王家の蔵に納める、現物でなければ労働力を納めるというやり方がおおきなアジアの特徴です。これは、明治以降に地租改正によってなくなりました。それ以前は貢納制が千年以上も続いたのです。

もうひとつおおきな特徴は、治水ということです。治水工事を民衆がやらずに王家がひきうけるというのがアジア的なおおきな特徴です。村落の人間が協力しあって灌漑用水のために治水をやろうという発想は、なかなかなかったのです。しかし、膨大な平地にちらばった農耕村落が孤立してあるのですが、治水工事を連合してやろうという民衆の発想がなく、だから、王家が治水工事をやめてしまえば、もうそれで村落は滅びてしまう。そういうのがアジアのおおきな特徴だということです。村落と対照的に都市のことを申し上げます。アジア的な都市の特徴は何かというと、王家、つまり支配者とそれに雇われている共同体の人たちが集まったところに都市ができます。そこにそれ以外の人々が寄り集まってきます。それがアジア的な特徴です。だから王家がちがう地域に移ってしまったり、王家が滅亡してしまえば、そのときはもう、村落も滅んで、荒野原になってしまうわけです。

日本人の王家のばあいは、このアジア的特徴のいくつかはそのままでは通用しないことがわかります。つまり、そんなに土地が広くなく、島国でありますから、大規模な灌漑工事なんて、日本ではあまり必要ないわけです。だからせいぜい王家のやったのは、例えば『古事記』の垂仁天皇記にでてきますが、垂仁天皇が依網の池を掘ったとか、百済の池を掘ったとか――その場合、池というのは灌漑用水の池です。だから、大規模な土木工事などはいらないで、日本の天皇制では池を掘ればよかったとおもいます。その池は、斜面に土を盛りまして、雨水などを堰きとめたものが貯水池になります。それから村落に井戸を掘ります。それが飲み水と灌漑用水だということです。

それから、もう一つは、アジアの農耕社会は、黄河みたいにおおきな河川の流域に広大な平地があって、そこで農耕が行われるというようなのが一般論の見方ですが、日本の場合にはそんなことありません。山がうしろにせまった海岸べりのせまい平地や低い山にかこまれた海抜のわりに高い盆地などに村落ができます。こんなところで大規模な灌漑工事がいるわけはありません。これは、日本の王家をとても特殊なものにしたおおきな要因です。この問題もまた、解明しなければなりません。

弥生時代的なものと柳田国男が「山人」といっている縄文時代的なものが、二重にかぶさっているのが日本の風土や地勢、民俗習慣、習性をつくってきたものです。その二重性が基層にあるとかんがえるとかんがえやすいのです。

アジア的なものをマルクスのように一般論でいえば、ひろい大陸のなかで、山岳地方は山岳地方でその特性をかんがえ、平野地は平野地の特性をかんがえるべきで、地域別に区分してかんがえるのがいいはずです。日本みたいなせまい島国では、弥生時代的なもの、その平野地的な要素、それから山岳的なもの、つまり縄文的なもの、非農耕的な狩猟、木樵、木工的なもの、この二つがせまい列島の地域に二重に重なった風土や地勢が、日本人の心情をつくり、習性をつくり、それから制度をつくる基盤になったとかんがえるべきだとおもいます。

これは典型的に外から全体をみる見方になります。これでは網目があまりにも粗すぎて、もっとこまかくほんとの日本文化とはなにか、日本国とはなにか、日本の習俗とはなにかに近づいていくには、まだやらなくてはならないことはたくさんあるとおもいます。柳田国男は、あくまでも、外からの知識はただの知識にしておこうじゃないか、じぶんたちはあくまでも内側からせめていけばよい、そのかわり、日本人は、味とか、匂いとか、色とか、それから草花とか風とかにたいする感受性がとても鋭敏なので、この鋭敏な感受性を全部使って解明に役立てようじゃないか、そうかんがえたとおもいます。この柳田国男の方法を拡張していけば、たくさんの可能性がまだあるとおもえるのです。

外からの眼をどんどんこまかく行使して、日本人とはなにか、日本とはなにか、あるいは天皇制とはなになのか、という問題をつめていく方法を、西欧近代から身につけてきました。内側から柳田国男の方法を敷衍して、たんに論理とか、知識とか、だけでなくて、触覚、味覚、嗅覚、視覚、聴覚など五感から得られるものをとりいれたうえで、日本人とはなにか、日本の習俗とはなにか、日本の制度とはなにかを追求していく方法を、どこかで綜合する課題があるのではないでしょうか。柳田国男の民俗学の方法は、内からの眼と外からの眼を接着する方法をつくりあげる課題があることを、いまも示唆しています。みなさんの心の片隅にもこの問題はあるんだとおもいます。

（昭和六十二年七月五日　我孫子市市民会館）

琉球諸方言を含む現代日本諸方言の言語的核心部の源となった日本祖語は、西暦紀元前後に北九州に栄えた弥生式文化の言語ではないか。そして紀元後二、三世紀の頃、北九州から大和や琉球へかなり大きな住民移動があったのではないか。沖縄式文化の担い手が日本人であったとすれば、日本祖語の時代の日本各地には、日本祖語と同系ではあるが、それとは異なる多くの小方言（累系の言語もあったかも知れない）が話されていたであろうが、それらは日本祖語から、発達して来た方言に同化吸収されて現代諸方言に多少の痕跡を残して消失したのであろう。

次に、この日本祖語はどこから来たか？　日本語と他の言語との同系がまだ言語学的に証明できていないので、この問いにはっきり答えることはできないが、日本語と最も近いと考えられる朝鮮語との言語年代学的距離が六〇〇〇年以上である蓋然性があるから、縄文式文化時代人が日本人であるとすれば、そしてわが国

における その縄文式文化時代が四〇〇〇年以上も続いたことが明かとなれば（千葉県姥山貝塚の縄文式中期の土器を出土する遺跡の年代は、放射性炭素の残存量の測定によって今から四五〇〇余年前と算定された）、後に日本語へと発達した言語は、日本祖語となるまで四〇〇〇年以上も日本で話されていたことになろう。朝鮮語から分裂した日本語の前身は日本において多くの氏族方言に分裂して行ったに違いないが、各地に種族国家的統一が生ずるとともにヨリ大きい種族方言に統一されて行く傾向を生じたであろう。それらの種族方言の一つが発達して日本祖語の地位にのぼるに至ったものであろう。

（服部四郎『日本語の系統』）

金関博士はこれをこう解釈しています。つまり、最初に現われた弥生時代人の平均身長が、その土地の縄文時代人にくらべて急にのびているのは、南朝鮮から身長の高い人種が、稲作農耕という新技術をたずさえて西日本に移動してきた。そしてその影響が、あるいはその人たちの骨にあるのかもしれない。少なくとも縄文時代人の平均身長というものが、その人たちの影響によって、一時急速に高くなった。ところが、移ってきた人の人口量は、土着の縄文時代人にくらべてははるかに少ないものであった。そしてやがてその身長の特徴というものが、在来種の縄文時代人のなかに混血によって吸収され、やがて失われてしまったのであろ

う。(中略)

もしこの推定が正しいとすれば、言語の面においても、のちに倭人として知られた西日本の民族の話していたことばのなかに、その土地の、つまり西日本の縄文文化人のことばが非常に大きな比重を占めることになります。稲作という新しい生活技術をもった異民族は、混血によって在来の縄文時代人に吸収されてしまうほど少数のものでした。そして、弥生時代人のことばは、縄文時代人のことばと、その言語構造において根本的な相違はありません。それで縄文時代人の話していたことばが、その後の日本人のことばの基幹となったと考えられます。

(石田英一郎『日本文化論』)

これだけの引用からも、むらくものような疑念が、つぎつぎに頭をもたげてくるのを防ぎえない感じがする。そしてこの種の疑念は、どんな古代史家、文化人類学者、言語学者が、古代について記述しても、いまのところ免かれないといっていい。ここに引用した見解は、まだそういった疑念がすくない方のものに属している。それでもなおとめどないような疑念を、順序もきめずに挙げつらうことからはじめてみたい。

ありていにいえば、はじめ、現在の政治的な焦点のひとつになっている沖縄返還の問題を、とりあげてみたいとおもった。そしてできるかぎり、現在の沖縄問題をあつかった著書にあたってみた。しかし、どれひとつとして、わたしを立ちどまらせるものはなかったといっていい。沖縄の即時返還要求も、条件つき返還方式もへちまもない。なんにもわかっちゃいないじゃないか？

わたしは、そぞろに金久正の著書や、島尾敏雄の文章や「奄美郷土研究会報」の報文がなつかしくなった。ただ表層をするするとかすめていくだけで、なんにものこらない沖縄返還問題の著書をとりあげるよりも、言語学者や文化人類学者や篤学の郷土研究家が、古代文化や言語についてあつかっている手つきを、日本人の起源とはなにか、日本文化の起源とはなにか、そこで琉球・沖縄の占める場所とはなにかという課題の脈絡のなかでとりあげるほうが、現在の情況にたいしてずっと切実だとしなければならない。もっとも格別の準備があるわけではないから、うまくゆくかどうかはわからぬ。

弥生式文化を担った種族が、北九州から畿内の方向と琉球の方へ移動したのではないかという服部四郎の想定とおなじ種類の考え方は、わたしの知っているかぎりでは、伊波普猷がかつて〈古琉球〉の考察のなかでかきしるしていた。そして普猷は、しかるがゆえに琉球・沖縄人は日本人であるという言い草とむすびつけていた。わたしは伊波普猷のこの言い方にあるこだわりのようなものを感じて、よみながらあまり愉快でなかったのをおぼえている。そんなに、おれたちもおなじ日本人であるなどということに、意味をもたせなければならないのか。だから琉球・沖縄の連中というのは駄目なんだ。一事が万事ということがある。かれらの研究者をとってみても、本土の学者がエキゾチスムを混えて〈おもろさうし〉は、すぐれたものだといえば、すぐ口まねてして〈おもろさうし〉はすばらしい古典だなどと後生大事にかかえこんだままで称えだす。しかし〈おもろさうし〉は、言語学や民俗学や固有信仰に、べつに関心をもたないものが虚心によめば、文学的にはたかだか平安末期以後の『梁塵秘抄』とか、『仏足石歌』のような、宗教味をふくんだ土謡調くらいの意味しかもっていやしない。こんなものをすばらしいなどと抱えこんでいるのは、よほどどうかしているのだ。わたしは、沖縄や琉球出身の研究者たちが、本土の研究者の学風の口まねと、うけ売りばかりやって、ひとつもそこからはみだそうとしないのをよむと、むかむかしてきてしかたがない。一事が万事で、これは政治的なかけひきにもあてはまる。かれらはたんに軍事的や政治的にだけではなく、地理的にも歴史的にも学問的にも風俗や慣習としても、琉球・沖縄が本土や中国大陸や東南アジアや太平洋の島々にたいしてもっている重要な、多角的な意味あいをじぶんたちで判ろうとも、じっくり掘りさげようともしてはいない。そして戦後二十数年のあいだ、せめて本土の都道府県なみの扱いと、経済援助をやってくれなどと保守政府に訴えつづけてきたのである。かれらが購いえたものは、よろず薄っぺらで無智な本土の進歩的知識人の、なんの役にもたたない同情心だけである。この同情心の本体たるや、琉球・沖縄の問題を、たんに朝鮮人問題やアメリカの黒人問題や、わが国の部落問題から類推のきく程度の問題とかんがえているにすぎない。

伊波普猷とちがって、柳田国男は晩年の力作『海上の道』にいたるまで、琉球・沖縄の土着民は原日本人であるというかんがえをやめなかった。柳田を支えた根拠は、周囲を海にかこまれた列島では、ひとびとは舟にのって交通するよりほかに方法はない、そうだとすれば地理的な遠近が問題になるのではなく、どう向いた潮流に乗って、どのような経路で、どこからこの列島にやってくるとかんがえるのが自然なのかが、重要だという問題意識であった。そして原日本人は潮流にのって南部中国や東南アジアや、太平洋の島々からまず琉球や沖縄の島々にたどりつき、しだいに本土のほうへ下ってきたものだというかんがえ方を披瀝した。折口信夫のかんがえもこれと同質であったといっていい。

柳田国男のかんがえかたには、おおざっぱにいってふたつほどの弱点がすぐにみつけられる。ひとつは、朝鮮を経由してやってくる大陸の圧倒的に優位な文化（弥生式）の流入と、ばあいによってはそれに伴ってくる大陸の異人種の到来を、どううけとめるべきかが不問に付されるか、あるいは過小に評価されるということである。もうひとつは、わたしたちが〈日本人〉とかんがえている人種の、幾重にも累層的に混血しているとみなされる実体を、うまくすくいあげることができないということである。柳田のいうように原日本人ともいうべきものが、南方から潮流にのって漂流移住したものとみなすかぎり、この漂流移住は、どの時代の、どの時期をもってきても、同等の確率をもっているはずだから、この漂流移住は、歴史的などの時期をとっても絶えず可能だとみなされなければならないはずである。もちろん、おなじことは、朝鮮を経由して大陸から北九州に移動してきた弥生式文化やそれにともなう異人種の到来を想定するばあいでもいえることである。騎馬民族説のように、大陸の奥でたまたま西暦紀元前後に、政治的あるいは軍事的な混乱があり、その横圧力と余波が朝鮮を経て、さっそうと騎馬にまたがった種族と文化と征服力を、わが列島にむけて押し出したなどとかんがえることは馬鹿げている。文化はそれが公式にあるいは大規模にもたらされるためには、それ以前に幾世紀にわたって非公式にあるいは部分的に移入されていて、すでに受け入れるべく用意された基盤をもっているとかんがえるのがもっとも自然だからである。

　服部四郎は、日本語が朝鮮語とわかれたのは六千年以上前の時期である蓋然性があるということを唯一の根拠として、琉球語をふくむ日本語方言の源となった日本祖語は、弥生式文化の言語であり、それが同系の縄文人によってつかわれていた言語に同化吸収されて、現在かんがえられる日本語の祖語ができあがったのではないかという仮説をつくっている。
わたしはべつに比較言語学の専門家ではないから、言語についての文学的な勘でいうより仕方がないが、服部四郎の想定を裏付けている歴史的な時間の尺度は、あまりにま新しすぎるといっていい。人間における言語の発生は、意識の発生とともに古い。また言語年代的に日本語と朝鮮語とのわかれが六千年以上と仮定して、いかに同系であったとしても、日本語が朝鮮語の影響に支配された言語と、たかだか二千年くらい以前のところで、同化吸収されたかどうかとか、おなじ日本語であるかどうかを論議すること自体が、無意味であるとしかおもわれない。わたしたちが、眼のまえでみているのとおなじ確からしさでいえることはつぎのようなことである。

　わが列島の千数百年前の時期には、文化的な最上層のところでは、公的な文書は、朝鮮を経由してやってきた中国大陸の言語と文字をつかって表現されていた。これとおなじ意味で、文化的な性質は、圧倒的に中国文化の影響をこうむっていた。しかし、話される言葉は、かんがえられないほど遠い以前から日本語といえるものが流布されていた。弥生式文化の成立の上限を二千年とし、たったこれくらいの年代のところで、日本語の本質的な、つまり中核のところでの変化や同化を想定するのは不可能だというべきである。

　つぎに日本語の話し言葉は、中国語とその文字を、あたかも現在のローマ字のように表音的につかって書きとめる方法をあみだしはじめた。しかし、中国大陸の文化的な影響がかなり大きく滲透していたために、ある種の概念は、中国文字を表意的につかうことで、あらわすほうが思考の節約であることを知るようになった。このようにして日本語の話し言葉の表現は、中国語と文字を表音的にかりうけ、ある種の概念だけは、この文字を表意的につかってあらわす最初の方法を獲得したのである。

この問題は、もちろん日本語の起源の問題とも、日本人の種族的な起源の問題とも無関係な、言語の文化的環境の問題にしかすぎない。いいかえれば、たかだか二千年くらいしか遡行できない弥生式文化の移入の問題は、言語の文化的環境の問題であり、言語そのものの構造的な問題ではありえない。もちろん文化的な環境の激変が、見掛けのうえで言語の表記に激変をもたらすことはありうるだろう。フィリッピン人が長いあいだ米国の統治下にあって、ごくふつうに米英語で会話したり、フランスの植民地であった地域の南阿人が、仏語で会話したりすることがあるように。しかし、これは言語そのものの問題ではない。言葉も文化も、それが優位であって、あたらしい概念をもたらすかぎり、どんな種族にも自在に住みつくことができる。しかし、この住みつき方は、文化的な最上層から一定の深さまで滲透したときに、種族語を発生させた種族的な環境の総体性から反撥や同化を強いられるといっていい。

石田英一郎は、朝鮮経由で身長の高い、弥生式の文化や稲作農耕の技術をもった人種が、西日本に移動してきて、縄文人に弥生式文化を移植するとともに、その身長を高くする影響をあたえ、やがて縄文人に同化吸収されるとともに、もとの身長にかえったという想定をたてている。しかし、さきにものべたように、この可能性を、千数百年まえの弥生式文化の成立期だけに限定する根拠は、まったくないといっていい。朝鮮経由の大陸からの文化や人種の移動は、もちろん規模の大小はあるとしても、数十万年まえから、いつもありえたとかんがえるのが、もっとも自然だからである。まして、人間の身長や骨格の変化は、すこしも異族との混血を必要としてはいない。こういう変化は文化的なまたは社会生活的な環境のかなりおおきな変化さえあれば、おなじ種族でも数十年の単位ですら起りうることは、身近な戦後の日本人をかんがえてもすぐに理解できることである。それゆえ、身長や骨格の変化は、かなりの大きな文化的、あるいは社会的な環境の変化を、この時期に想定できるというにすぎない。この変化を稲作農耕の成立にもとづく、というのは確からしさをもっているとしても、人種的な混血に帰するのはほとんど無意味だというべきである。南朝鮮経由の人種の混血や同化ならば、ことに西日本では、いつも各時代にありえたはずだからである。

石田英一郎は、柳田国男のように稲作農耕の発祥地を、東南アジアや中国南部の一帯にもとめることに同意しながら、それが南島の島づたいにやってきたという考えには同意せずに、朝鮮経由で弥生人によってもたらされたものと想定した。だから琉球・沖縄のようなわが南島が、人種的にも文化的にも、弥生式以前の古層をおおく保存しているというかんがえに同意しなかった。この問題については、なにも確定的なことを知らされていない。ただ、わたしたちは、古代史家や文化人類学者のかんがえかたから、いつも、魏志倭人伝に記載された以前の時期や、弥生式文化の成立以前の時期には、わが列島には人っ子ひとりいなかったとか、〈国家〉がなかったとか、少数の未開の蛮族しかいなかったとかんがえているのではないかという途方もない印象をうける。もちろん、そうは書かれていないのだが、これは遺跡や什器、武器、装飾品などの遺品からその時代の文化を再構成するばあいに、あまりに欲張った想像を働かせすぎるからである。文化や言語や技術の移動は、それを担う人種の移動を想定しなくても可能である。またそうでなければ観念的な上層とはいえないのだ。また、文化や言語や技術の移動が、ある時期突然やってきて、その前後の時期にはまったく閉鎖されていた、などとかんがえるのは、強力な政治的禁制でも想定しないかぎり馬鹿気たかんがえかたである。

縄文式文化の発生上限を、ほぼ九千年以前として、この時期にはすでにわが列島の各地には縄文人が集落をつくって生活していた。これを人種的に単一とみなすことはまったくできないし、どこからやってきたかについても単一な経路を想定することはできない。しかしそれらの集落をつないで同系の言語が話されていたことはたしからしいとおもわれる。そしてこの同系の言語のうち、文化的にか軍事的にか経済的にか優位をもつにいたった種族の方言がしだいに共通語としての地位を占めるようになったとかんがえることができる。歴史時代以後で、こういう共通語としての地位を占めた言語は、九州語と畿内語と関東語とである。縄文時代を目安にして、この共通語としての優位を占めた言葉が、どこの方言であったかを推定することはむつかしい。あるいはこの時代では、言うに足るほどの優位性をもった共通語はなかったとかんがえるべきかもしれない。ただ同系であることがまったくはっきりしている言語が、強いくせのある方言として、わが列島をいくつかのブロックにわける通用語として割拠していたかもしれぬ。

もし九州語と琉球語との距たりが、九州語とその他の本土（最北をのぞく）方言との距たりよりも大きいとすれば、その理由は、地理的な距たりよりもずっとおおきな意味をもった言語的な影響が、九州をはじめとする本土に波及しながら、琉球・沖縄がその影響をさほどかぶらずに、わりあいに閉ざされた離島の環境で固有な方言性を強めていったためとかんがえられる。縄文期に本土に波及しておおきな影響をあたえながら、琉球・沖縄をほとんど素通りしていった言語的な影響とは、朝鮮を経由してやってきた弥生式文化の波であるかどうかしらない。しかし、このようにかんがえてくると、とうぜん琉球・沖縄には、文化的にも種族的にも本土よりも旧い層が離島という条件で特異な変形をこうむりながらも、保存されているという考えかたが成立してくるはずである。そしてこのような旧い層は、もちろん本土における民俗学的な習俗や遺跡のなかにも、琉球・沖縄ほどではないにしても痕跡をのこしているとみなすことができる。

石田英一郎は、柳田国男が、稲作の古さは、弥生時代よりももっともっと古いものだ、と考えていたことに触れたあと、つぎのようにのべている。

ところが、考古学の材料が集積すればするほど、縄文時代に稲作農耕が行なわれていたという事実はとうてい考えられなくなりました。かりに、縄文の土器にも稲の圧痕のあるものが発見されたとしても、それは縄文時代人の住んでいる末期の時代に稲作がはいってきて、新しい弥生時代のはじまりを予告するものであろうと私は考えています。弥生時代は、あらゆる材料から考えて、その前の縄文時代とは、少なくとも西日本においては、非常に異質的な転換を、生活の全面にわたってとげています。

それを日本民族のはじまりの手がかりとするならば、弥生時代の文化に相当する考古学上の材料が、日本周辺においては、どういう地域と連続するかということがやはり大きな問題になってきます。

私は考古学の専門家ではありませんが、私の理解するかぎりにおいては、日本の弥生式文化が沖縄から日本にはいってきた、だから沖縄に日本文化の古い原初的な形がいまでものこっているのだという解釈は、考古学の上からはどうも取りにくいのではないかと考えています。それよりもむしろ、日本において先に弥生式文化が形成されて、それが南の沖縄へひろがっていったのではないかと考えています。そのゆえに沖縄には、日本列島ではすでに非常な変化をとげた古い習俗、古い信仰がかえって保存されてのこったと考えられます。この考え方が、もっと考古学上から検討されなければならないとも思っています。

（石田英一郎・前掲書）

わたしは、以前に山口昌男という理論的に無智な、恰好ばかりつけたがるチンピラ文化人類学者から、とんでもない馬鹿気たいいがかりをつけられたことがあるが、ここにあらわれている石田英一郎の解釈も、だまって放っておけば、とんだ混乱をまきおこさないともかぎらないので、いくつかいっておかなければならないことがある。

だいいちに、石田のように縄文時代に、発掘された土器から稲の圧痕が発見される程度にも稲作が行われていなかったとかんがえることは、現代社会は工業社会だから、稲作が行われていないとかんがえるのとおなじ程度に、馬鹿気たことだということである。わたしたちが農耕社会と呼ぶとき、〈農耕が行われていた社会〉という意味でつかっているのではなく、社会の総体を支えるだけの支配力をもった生産様式が、農耕で占められていた社会ということを意味している。おなじように稲作農耕が行われた弥生式の文化の時代というとき、その文化をささえる社会の支配的な生産が、稲作生産であったということを意味している。そしてそれ以前の縄文時代では、稲作が社会をささえるおもな経済的な基盤としては、かんがえにくいというだけで、稲作農耕が地域的にあるいは局部的に、行われ、発達していなかったことを、少しも意味してはいない。

もうひとつは、センスの問題だからどうしようもないが、わが列島の文化、言語、国家、あるいは民族とか人種とかの起源をかんがえるばあいに、たかだか二千年、のこされた記録としては千数百年をでない弥生式文化の移入とか成立などは、大した意味をもっていないということである。それゆえ、琉球・沖縄に本土とくらべて人種や文化の古層がかんがえられるというとき、弥生式の文化が琉球・沖縄から本土へやってきたのか、あるいは北九州から拡がった弥生式文化が琉球・沖縄にも伝播したのかという類いのことを問題にしているのではない。弥生式文化が成立する以前の古層が、琉球・沖縄に比較的にととのった条件で保存されているのではないかということを問題にしているのだ。

柳田国男が『海上の道』で〈われわれの祖先はどこからやってきて、どこを故郷とみなしているか〉と問うときも、この〈われわれの祖先〉は、石田英一郎のかんがえている弥生式文化の移入以後の〈日本人〉とか〈日本民族〉とはちがって、本土の歴史時代から現在までよりも、遙かに遠い年月の過去を無意識のうちに想定している。つまり、時間尺度と感覚がまるでちがうところで〈日本人とはなにか〉を問題にしているのだ。

わたしはべつに民俗学の肩をもつわけではないが、もし〈日本人〉という概念や〈日本民族〉という概念を、石田英一郎のいうように弥生式文化の移入期より以後にしか想定できないとするかぎりは、民俗学などは成立する余地はないといっていい。なぜならば、文化の最上層における変動も、種族ごとの固有生活の文化的な基盤にたいしては、さほどの変動をもたらすものではないという認識を無視しては、〈常民〉という概念自体が成りたたないからである。そして大なり小なり〈常民〉という概念を想定せずには、とくべつなにものでもない大衆の風俗や、慣習や、生活様式をとりあげることの意味はうしなわれてしまう。

わたしたちが、琉球・沖縄の文化と種族をことさらとりあげるときは、最古の弥生式の文化やその担い手たちの痕跡が、わりあいにこぼたれずによく保存されているかどうかということを問題にしているのではない。そんなことが問題なのならば、琉歌は万葉歌におよばず、〈おもろさうし〉は、記紀歌謡の総体におよばず、弥生式文化の波に洗われた本土の歴史にたいして、たんに弥生式文化の余波を離島としてかぶったにすぎない琉球・沖縄の歴史は、文化的にも、種族としても、ただ辺境の地という意味しかもっていないことになる。そしてこの文化的な、また種族的な辺境という意味は、琉球王朝時代も、薩藩に従服した幕藩制時代も、そして米国駐留権の支配下にある現在も、琉球・沖縄のひとびとが本土にたいしていだいている不信感や、裏がえされた弱小感を正当化するのに役立つだけである。

わたしたちは、琉球・沖縄の存在理由を、弥生式文化の成立以前の縄文的、あるいはそれ以前の古層をあらゆる意味で保存しているというところにもとめたいとかんがえてきた。そしてこれが可能なことが立証されれば、弥生式文化＝稲作農耕社会＝その支配者としての天皇（制）勢力＝その支配する〈国家〉としての統一部族国家、といった本土の天皇制国家の優位性を誇示するのに役立ってきた連鎖的な等式を、寸断することができるとみなしてきたのである。いうまでもなく、このことは弥生式文化の成立期から古墳時代にかけて、統一的な部族国家を成立させた大和王権を中心とした本土の歴史を、琉球・沖縄の存在の重みによって相対化することを意味している。

政治的にみれば、島全体のアメリカの軍事基地化、東南アジアや中国大陸をうかがうアメリカの戦略拠点化、それにともなう住民の不断の脅威と生活の畸型化という切実な課題にくらべれば、そんなことは迂遠な問題にしかすぎないとみなされるかもしれない。しかし思想的には、この問題の提起とねばり強い探究なしには、本土に復帰しようと、米軍を追い出そうと、琉球・沖縄はたんなる本土の場末、辺境の貧しいひとつの行政区として無視されつづけるほかはないのである。そして、わたしには、本土中心の国家の歴史を覆滅するだけの起爆力と伝統を抱えこんでいながら、それをみずから発掘しようともしないで、たんに辺境の一つの県として本土に復帰しようなどとかんがえるのは、このうえもない愚行としかおもえない。琉球・沖縄は現状のままでも地獄、本土復帰しても、米軍基地をとりはらっても、地獄にきまっている。ただ、本土の弥生式以後の国家の歴史的な根拠を、みずからの存在理由によって根柢から覆えしえたとき、はじめていくばくかの曙光が琉球・沖縄をおとずれるにすぎない。

わたしはこの可能性を、理論的に琉球・沖縄における〈姉妹〉と〈兄弟〉のあいだに特別な意味をあたえている祭儀や習俗の遺制にもとめてきた。もしもこの遺制が、共同体の観念的な上層におしあげられたところまで遡行して、復元しうるならば、かならず〈姉妹〉によって宗教的な権威が維持され、その〈兄弟〉によって政治的な権力が掌握される氏族的（または前氏族的）な〈国家〉の存在した時期にゆきつくからである。そして、じじつこの権力形態の古い遺制は、室町期以後に琉球王朝によって再編成されて実在したことを歴史はあきらかにしている。この統治形態は世界史に共通した概念では、すくなくとも数千年をさかのぼることができるはずである。弥生式文化の成立を、ほぼ二千年以前までさかのぼれるとして、この統治形態の成立は、それよりも遙かに以前であったとみなすことができ、考古学的な年代区分でいえば、縄文期またはそれ以前の時期に対応するとみなすことができる。

弥生式文化を背景として成立した大和王権は、琉球・沖縄にだけ遺制をとどめている統治形態を、最古の古典である『古事記』や『日本書紀』のなかで、〈神話時代〉として保存するほかはなかった。そして同時にこれを大和王権の統治的な祖形とみなして、〈アマテラス〉という女神と、その弟であり、またわが列島の農耕社会を統治する最初の人物としての〈スサノオ〉という男神に、役割としてふりあてて描いたのである。

わたしたちは、長い間、弥生式文化系統の威光に無意識のうちによりかかって、琉球・沖縄を文化的あるいは種族的な辺境とみなすかんがえ方に狃《な》らされてきた。そしてこの辺境感は、琉球・沖縄土着のひとびとじしんにとっても、場末的な終末感となって本土への不信と、本土への弱小感として植えつけられてきたのである。しかしこの考えかたは、いずれの側からもまったく根拠の薄弱なものというべきである。弥生式文化の移入と、それを背景にした政治勢力による統一国家の成立は、どんなに無理をしても二千年をでるものではないが、縄文式文化時代またはそれ以前から、わが列島に集落をつくって生活してきた縄文時代人の〈国家〉や、その統治形態や、習俗は、これとは比較にならぬほど遥かな時代から、この列島に散在していたとみなしうるからである。そしてあからさまにその遺制を保持しているものとして、琉球・沖縄は特異な重たい存在権をもっている。

（一九六九年「文藝」十二月号）

解説　ＡＩ時代の吉本隆明

先崎彰容

I　まずは準備運動から

1　『共同幻想論』への近づき方

『共同幻想論』が、吉本隆明の主著であり、しかも難解な作品であることはよくしられている。この書が世に出たのは一九六八年であるが、同時代にこの書を手にした、ある著名な学者と対談した折、「学生時代に読んだとき、正直、同時代性がまったくわからなかった。批評作品として、どう評価したらよいのかわからず、困惑した」という話を聞いたことがある。この学者の感想はまだマシな方で、ほとんどの人にとって、『古事記』と『遠野物語』を縦横無尽に駆使した文体は、文字どおり理解不可能であり、そもそも何を目指して書かれているのかがわからなかったと思う。だからこそ逆に、頻出する「個人幻想」・「対幻想」・「共同幻想」はマジックワードとして人口に膾炙したのであり、各人が漠然としたイメージを共有しつつ、吉本用語を振りまわし、時代と権力を批判しているつもりになれたのだろう。

実際、『共同幻想論』は学生を中心にきわめてよく読まれたし、半世紀以上たった令和の現在でも順調に版を重ねている。先日も、さる勉強会に講師として招かれ、まる一日をかけて『共同幻想論』を読む仕事をしたが、二〇名を超える聴講者は化学メーカーの幹部候補であり、年齢でいえば私と同年代、つまり四〇代のビジネスパーソンだった。さらに驚くべきことは、本書の編集者に教えてもらったのだが、現在の購買層のかなりの部分が二〇代、三〇代なのだそうである。決して六八年の「あの時代」を懐かしむ層が、セピア色の写真を久しぶりに眺めるように手にしているのではなく、若い男女が何かの手がかりを求めて、『共同幻想論』というタイトルの前に立ち止まっているのである。

だとすれば、現在、七〇代後半に差しかかった「あの時代」の学生からは三〇歳ちかく年下であり、令和の若者からは二〇歳前後年上にあたる私が、両世代を架橋して、『共同幻想論』への近づき方を教えることは許されるはずである。一九七五年生まれの私は、もちろん六八年前後の政治の季節はまったくしらない。その意味で、私は令和の若者にちかい。

いっぽうで、一九四八年生まれの父親は同時代の熱気をよくしっていて――父は大学をでていないので、学生運動に対してはきわめて複雑な印象をもっていたが――、さまざまな書物が自宅にはあった。桶谷秀昭・磯田光一・村上一郎・谷川雁・橋川文三・高橋和巳・竹内好・柄谷行人。令和世代にとって、これらの名前は柄谷をのぞくとほとんどしらないだろう。ところが幸か不幸か、私はここにある全員の著作を手に取り、読むことができた。

幼いころは家中に本があるのは雰囲気が暗く、嫌いだった。また父の性格が著しく歪んでいたから、本を読むやつにロクな奴はいないと、幼い私は直観していた。黴臭《かび》く、死臭が漂う本は拒絶の対象であり、奇妙に人を見下す屈折した人間を生み出す装置くらいにしか思っていなかった。読書に一切関心をしめさない私に、父はしばしば嫌みを言った。ますます私は意識的に読書を拒絶し、精神の明朗さを求めてラグビーや登山に熱中していたのである。

その私がなんの導きもなく、読書に目覚めたのは高校時代のことである。大学の附属校に合格し、とりあえず大学入試の受験勉強をしなくてよいことになった。暇を持て余した一五歳の青年は、なにかに取りつかれたように読書をはじめた。三島由紀夫や川端康成の美文にやわらかい心を刺激され、北一輝『日本改造法案大綱』や丸山眞男『日本の思想』などの、少し骨ばった理論的な作品を貪り読んだのも、懐かしい思い出である。『伝統と現代』という古めかしい雑誌で、渡辺京二や松本健一の文章と出会い、日本思想史という学問分野をしったのも、このころのことである。

こうした文章を読んで、どこまで理解していたのか、今かんがえるとずいぶんと怪しいものだが、彼らの独特の文体に酔いしれるだけの若さを、私はもっていた。本は黴臭いという印象は正反対のものになり、言葉を駆使することで、世界は色彩をもち、新鮮に見えるという想念にギュッと抱きしめられた。一〇代半ばの青年にとって、それは猥雑な写真本とおなじくらいの魅力があり、頁を閉じることは憚られた。右傾化を憂慮した高校の担任に呼び出され、もっと幅広い読書をしなさいと叱責されると、だまってうつむいた。禁書を読むような恍惚《こうこつ》感がこの人にはわからないのだと思い、私は笑いをこらえるのに必死だった。そう、父親とおなじく、読書をとおして人を馬鹿にすることを覚え始めていたのである。

以来、こそこそと自室に引きこもり書を読む日々がつづいた。当然、その中には『共同幻想論』もあった。さて読んでみると、まったく意味が理解できない。もう少し正直にいえば、砂を嚙むような文体を、読み進めることができず、しかも残念なことに、エロティックな魅力も感じることができなかったのである。私は早々に見切りをつけて放り出した。以後、小林秀雄の『本居宣長』と『共同幻想論』の二冊が、書架の中でじっとほこりをかぶりつづけることになる。いつか読み直さねばならないという思いを抱きしめたまま、それから一〇年後、私は大学院の門をたたいたのである。

その日は突然、おとずれた。状況は一変した。その日とは、勁草書房版の『吉本隆明全著作集』を購入した日のことである。著作集には、主要な作品のほかにも多くの時事評論が収められていたが、その中に、各地でおこなわれた講演を収録したものも含まれていた。読みはじめると、吉本の講演のわかりやすさに私は驚いた。独特の文体がもつ難解さが解きほぐされ、何を目指して今、吉本が著作を執筆しているのか、書斎を飛び出して解説してくれる趣にあふれていたのである。これらの講演集に眼を通しながら、傍らに『共同幻想論』を置いて、じっくりと読み直してみた。今度は完読することができた。この主著が何を目指して書かれたのかがわかったし、そもそも、吉本隆明がいったい何を考えてきた人間だったのか、思想家としての骨格を理解できたと確信したのである。

それは私たちにとって、「国家とは何か」という問題である。

あるいは、より広く、私たちにとって、「共同体とは何か」という問いである。

だがなぜ、一九六八年に国家論が必要だったのだろうか。またなぜ、半世紀以上たった令和の今日、共同体を論じた多くの本があるにもかかわらず、『共同幻想論』は読むに値するのだろうか。こうした問いにしっかりと答えるために、本書は編まれた。

今回、ここに収めた作品は、完全に先崎独自の編集によるもので、二部構成になっている。第Ⅰ部には、「個体・家族・共同性としての人間」・「自立的思想の形成について」・「幻想―その打破と主体性」・「幻想としての国家」・「国家論」の五本の講演録を集めた。第Ⅱ部には、「宗教としての天皇制」・「わが歴史論　柳田思想と日本人」・「異族の論理」の三篇を収めてある。

第Ⅰ部の講演は、一九六七年一〇月から一九六八年七月にかけて相次いでおこなわれたもので、正確に『共同幻想論』執筆の時期に重なっている。執筆の経緯を簡単にしめすと、一九六六年一一月号の『文藝』に「禁制論」を掲載してから、「祭儀論」までの前半部分がまずは活字化された。その後、後半部分にあたる「母制論」から「起源論」までが書き下ろされ、序と後記を付したうえで、『共同幻想論』として河出書房新社から六八年一二月に出版された。

くり返すが、『共同幻想論』をいきなり読んでも、わからない。ほぼ確実に挫折する。でも難解な書物には「読み方」があって、その手続きさえふめば、すらすらと内容が理解でき、思想の中心線が見えてくる。すると膨大な『遠野物語』や『古事記』の引用にうんざりせずに、翻弄されることなく読み進められる。そうすればしめたものので、吉本の考えに沿ってゆったりと歩んでいくことができる。まずは次の引用をみてもらうことからはじめたい。

ひとつのマルクス主義的な国家学説というものがあって、そのなかでどれが正統であるとか、どこが正しくてどこがまちがっているとかいうような形でそれをいじくりまわすといいますか、そういうような問題意識の段階では、現在における情況というものの奥深くにあるひとつの核といいますか、そういうものにとうてい到達しえないだろうという、そういう問題意識があるわけです。（中略）つまり、ぼくらは現在における諸思想というものの崩壊を、わりあいに深刻にといいますか、決定的なもんだというふうにかんがえていますから、そういうところでまず問題意識がちがってくるというようなことになっていくとおもいます。

（「国家論」、本書129・130頁）

ここには二つの「読み方」のヒントが隠されている。

第一に、吉本は同時代を「諸思想というものの崩壊」の時代だといっている。では、思想とは何だろうか。そもそも、私たちがなぜ思想を学ぶのかといえば、それを通して時代を診る眼をもちたいからだろう。ある思想に触れると、世界が輪郭をもち、はっきりとみえるようになる。遠近や奥行きや色彩をもち、どこに問題があるのかが明確になる。知識人が威厳をもっていたのは、彼らの思想を導きとして時代診察ができるからだ。

ところが、そうした思想が解体し、世界をどう理解したらよいのか、わからない状況なのだと吉本はいっているのである。

だとすれば、『共同幻想論』が書かれた時代を、他の同時代人がどう診ていたのかが気になる。「診る」という言葉をあえて使っているのは、思想家とは時代を診る医者であり、その診察の鋭さに学生たち――研修医のようなものだ――が耳を傾けていたと考えるからだ。以下で簡単に、ベトナム反戦運動を代表する論客・小田実《まこと》と、晩年の三島由紀夫の発言をとりあげるのは、彼らもまた崩壊の感覚を共有していたからであり、独自の処方箋の内容をしることができるからである。医者に専門科があるように、彼らはそれぞれの思想を武器に、時代診察をおこない、処方箋を書いたのである。

そしてもう一つの引用部分に注目しよう。「マルクス主義的な国家学説」を吉本が批判している点である。ここに「読み方」の二つ目のヒントが隠されている。吉本がいいたいのは、小田や三島などの例外を除けば、大半の知識人が、相変わらずマルクス主義国家論を振り回して、時代を解釈できると信じ切っていることへの違和感である。医学が進歩し、まったく違う診察方法と施術があるにもかかわらず、彼らは古い器具を使って診察をつづけている。危険性と限界があきらかになっているにもかかわらず、おなじ薬を処方しつづけているのだ。本書に収録した各講演を読んでもらえればわかるように、まずもって吉本は、エンゲルス『家族・私有財産・国家の起源』とレーニン『国家と革命』をつよく意識している。知識人のおおくがこの二冊の書物の微修正によって、日本を診察していることに、吉本は我慢がならなかった。そして二冊を徹底的に読み込んだ先に、自分の考えを創出し、「共同幻想」と名づけたのである。

したがって『共同幻想論』にかじりついて、挫折した経験のある読者に伝えたい。『共同幻想論』完読の鍵は二つあり、まずは六八年前後の思想状況をしったうえで、二つ目にエンゲルスとレーニンの著作を理解しておく必要があるのだ。その土台の上に、『遠野物語』と『古事記』の膨大な引用ががっしりと組みあがっているのである。第Ⅱ部の天皇論と柳田国男論は、第Ⅰ部の土台を理解した先に、読むべきであるとの判断から編集したものだ。

これでもう、おわかりであろう。難解な書物には、表面の文字の背後に、膨大な著者の読書歴が隠されていて、その教養を共有できないとさっぱり意味がわからない。また著者は同時代の他者の発言も意識しているから、時代の雰囲気を共有できないと、これまた何がいいたいのか、わからない。だから以下では、一見、迂遠なようにみえるかもしれないが、入念な準備運動をすることからはじめよう。

2　一九六八年という時代状況

一九六〇年の日米安保改定反対運動が一段落したあと、新たな政治の季節は、六五年四月にはじまった。鶴見俊輔や開高健、小田実らが中心となり、ベトナム反戦運動の市民連合、通称「ベ平連」が結成されたのである。なかでも小田実は、二〇ヵ国以上を貧乏旅行した記録『何でも見てやろう』が、学生のあいだから絶大な支持を受けて若くして論壇に登場した。べ平連の活動がもっとも盛んだったのは六七年から六九年にかけてで、政治的事件としては佐世保エンタープライズ寄港阻止運動などがあげられる。六八年一月、アメリカ海軍の原子力空母の米軍佐世保基地への入港をめぐり、反戦・反核の立場から大規模な抗議行動がおこった。

この騒動で注目すべきなのは、共産党をふくめた革新系だけでなく、右翼の側からも抗議行動が高い評価を受けていたことである。右翼はアメリカに反旗をひるがえす若者たちの行動を、敗戦時の日本兵に重ねたり、武士道の矜持であるとみなしたりした。べ平連もまた、共産党とも右翼とも異なる立場から、反対運動に加わっていた。

また、六九年一一月には佐藤栄作首相が訪米のうえ、ニクソン大統領と「核抜き本土並み」の条件のもと、沖縄返還の共同声明をだす。反対運動に熱中する識者や学生からみれば批判されるべき、この首相判断にたいして、国民は賛成の意志をしめした。返還の是非を問う年末の解散総選挙で自民党は圧勝し、逆に社会党は議席数を減らしたのである。七〇年代を眼の前にして、国民の関心は経済的果実の享受にむかいつつあった。人びとは革命幻想よりも現状維持をのぞんでいた。政治の季節と経済的ゆたかさのあいだで、ぎりぎりの駆け引きが展開されたのが、六〇年代終盤だったのである。

学生たちのヒーローは知識人であり、彼らの思想は時代を映す鏡だった。特筆すべきは、やはりサルトルとボーヴォワールの来日であろう。実存主義をかかげ、フランス知識人の代表格とみなされたサルトルとベ平連のコラボが実現したのは、六六年一〇月のことである（以上、竹内洋『革新幻想の戦後史』）。

面白いのは、こうしたフランスの大知識人が来日し、異様な歓迎を受けていたにもかかわらず、小田の思想は「大知識人」を受けつけなかったことである。小田が『日本の知識人』そのほかの著作で強調したのは、「ふつうの知識人」という概念であった。小田によれば、吉本隆明が「大衆の原像」という言葉で、市井の人びとの生活感覚のなかに、重要な思想的拠点があると主張したのにたいし、小田は逆に、知識人のなかに「ふつう」の感覚をもつ者を発見しようと努めた。

その際、批判の矛先になったのは、驚くべきことに吉本隆明だった。吉本の難解な著作がむさぼるように読まれ、非常に大きな影響力をもっていることは認めよう。だが、絶大な影響力をもつ吉本のような思想家がいるいっぽうで、吉本に凝っていた学生たちは卒業するとサラリーマンになってゆく。こうした一定の知識レベルをもった学生が、社会人になり、「ふつう」のサラリーマンとして感じていること、そこから紡がれる思想こそ注目すべきではないのか。「吉本隆明」というビッグネームよりも、サラリーマンに寄り添った思想は可能か――これが小田実の関心だったのである。

こうした感覚が、大きなものよりは小さなものを、公的な政治権力よりは私的な権利を重視することはわかりやすい。サラリーマン＝「ふつう」の知識人という小田の主張は、令和の私たちにはわかりづらいが、要するに、当時、大卒学生は世間ではまだまだエリートであり、サラリーマンという言葉の響きには、高学歴エリートの匂いが残っていたということであろう。高度成長期の社会に散らばり、経済的ゆたかさを生みだし享受する主人公にたいし、小田は肯定的評価をあたえた。「私状況」は「公状況」に優先するという独自の概念で理論化をはかったのである。

その小田にとって、べ平連の活動とは、弱者であるベトナム人を圧倒的物量で破壊し、支配しようとするアメリカへの反発であり、基地使用を許すことで加担する日本政府への違和感だった。アメリカも日本政府も「公状況」優先で政治を押し進めている。小田は「私状況」を盾に、ごく「ふつう」の感覚から、時代情勢に対抗しようとしたわけだ。

以上からわかるように、小田の思想の立脚点はマルクス主義ではなかった。歴史社会学者の竹内洋が指摘しているように、小田は当時、食傷気味だったマルクス主義知識人とはちがう思想のもち主として、その新鮮味が歓迎された。むしろ「右派」に括られてさえいたのである。小田は戦後支配的な価値観であったアメリカを相対化していたし、同時にマルクス主義の徒でもなかった。さらに小田は、皮肉にも吉本隆明をやり玉にあげつつ、大知識人批判もしたし、フランス実存主義哲学を日本の現実にあてはめて満足することもできなかったのである。だから実は、小田は吉本同様、六〇年代後半の日本社会が「諸思想というものの崩壊」を経験しつつあることを理解していた。時代の混乱を引き受けたうえで、自分はサラリーマンの思想に賭けるという処方箋を書いたのである。

ここでもう一人、時代診察の名医に登場を願おう。三島由紀夫のことである。

晩年、右傾化をつよめていた三島は、六八年七月と六九年二月に論文「文化防衛論」と「反革命宣言」を発表し、時代をつよくけん制した。まず三島の批判の矛先は、共産主義にむけられる。なぜなら共産主義は日本の文化・歴史・伝統と相いれないからであり、また共産主義は言論の自由を封殺する全体主義だからである。また三島は、戦後主流となった文化事業にたいしても、激しい違和感を表明していた。「文化」という言葉で今日、私たちが想像するのは、たとえば博物館に陳列された美術品を優雅に鑑賞することであり、茶席でしずかに一服することだろう。牙を抜かれ、金銭的余裕をみせつけるための遊戯と化している。だが、三島にいわせれば、文化とはそういうものではない。もっと激しく、ときに理性や常識を逸脱し、現実以上のなにかを突きつける営みのことであり、もっとエロティックで管理できない作品を生みだすことなのだ。

にもかかわらず、人畜無害で無色透明な「文化」が、戦後の日本を覆いつくしている。こうした文化政策は、共産主義圏で、文化が政治権力に完全に管理された状態とおなじである。三島の文化論の第一のポイントは、戦後の文化政策と共産主義圏のそれがある意味で結託し、日本人の魂を徐々に解体に追いこんでいるという現状認識である。

さらに政治の領域で三島が注目したのは、小田実とおなじエンタープライズの佐世保入港とベトナム戦争だった。三島によれば、エンタープライズ事件とベトナム反戦運動に共通しているのは、「ナショナリズムの糖衣をかぶったインターナショナリズム」である。これは民族主義と世界平和主義がいびつに癒着しているという意味なのだが、令和の私たちにはかなりわかりづらい。

私なりに三島の思いを翻訳すると、次のようになるだろう。

原子力艦船の入港反対運動は、日本人の民族意識を刺激した点において、一見、ナショナリズムにみえる。だが対米自立の感情を刺激された国民にたいして、佐藤栄作首相が日米同盟に基づく受け身の防衛政策の継続以外になんら新しいビジョンを示せなかったことは、ナショナリズムの敗北を決定づけるものだった。結局、マスコミがしたことといえば、米軍基地の柵を乗り越えた青年をセンセーショナルに描くことによって、アメリカに本質的反抗ができない国民の溜飲をさげることくらいであった。

この事件の背景にあるのは、もちろんベトナム反戦の意識であり、反戦の感情が高揚する原因は、ベトナム人への「感傷的人道主義的同情」があるからだ。なぜベトナム人に同情するかといえば、米軍に滅茶苦茶にされている彼らに、つい二〇年ほど前の日本人を重ねることができたからである。逃げ惑う彼らに、戦時中の自分自身をみたのだ。つまり、他民族の自立戦争に感情移入することで、日本人は、自民族の自立失敗を直視することを避け、フラストレーションの解消をはかっている。これを三島は「ナショナリズムの糖衣をかぶったインターナショナリズム」と表現したのだった。

こうした自立感情の失敗と文化の去勢こそが戦後体制なのである。三島は石原慎太郎との対談で、戦後体制を批判し、次のように述べている。

日本文化というものはいままでどういう扱いを受けてきたかというと、明治以降日本文化というものは近代主義、西欧主義に完全に毒されて、その反動が来て日本文化からほとんどエロティックな要素は払拭《ふっしょく》されちゃった。戦争中のような儒教的な、ぎりぎりの超国家主義的な日本文化になっちゃった。今度、逆になってきたら、だらしのないエロティックな日本だけがわっと出てきてしまった。快楽主義、刹那主義、だらしのなさね。

（「守るべきものの価値」）

ここでもまた二つの重要な論点がふくまれている。まず三島は、戦後はもちろん、戦前も批判している。明治維新いらいの近代化は、西欧文明の模倣にあけくれ、日本人が自己否定した時代だった。昭和にはいり急速に復古的色調を帯びて天皇の存在が浮上してきたが、基本的に問題は変わらないと三島はいう。なぜなら、明治天皇は西欧の立憲君主として君臨し、昭和天皇は儒教的天子像をまとい崇拝の対象となったが、いずれにしろ、天皇の政治的側面だけが強調・注目されたのが、戦前の特徴だったからである。

先にもいったように、三島は文化を徹底的に重視している。その三島にとって、天皇とは、古今和歌集などの勅撰和歌集にはじまり能楽の所作のひとつにいたるまで、あらゆる日本文化を支える究極の源泉なのであり、美的で、エロティックな存在でなければならない。またかつてはこうした役割を十全に担っていた――「このような文化概念としての天皇制は、文化の全体性の二要件を充たし、時間的連続性が祭祀につながると共に、空間的連続性は時には政治的無秩序をさえ容認するにいたることは、あたかも最深のエロティシズムが、いっぽうでは古来の神権政治に、他方ではアナーキズムに接着するのと照応している」（「文化防衛論」）。

三島らしい屈折して読みづらい文章だが、いいたいことははっきりしている。天皇はかならずしも体制保守の側にあるのではない。「アナーキズム」とは、天皇がときに秩序を擾乱《じょうらん》し、体制転覆の非合理にすら手を貸すべきだという三島のメッセージが込められている。政治では二・二六事件こそが好例で、昭和維新のテロリズムは肯定されるべきであり、文化では躊躇うことなくセックスをふくめた猥雑な人間本性を描くことを意味する。

ところが、敗戦は三島のもとめる文化をさらに堕落させた。文化ではなく、「文化」が支配したからである。これが第二の論点なのであって、戦前の儒教道徳にがんじがらめにされた天皇が否定されると、戦後は、天皇は無害な存在に貶められ、芸術もまた毒がなく、消費財として、だらしのない「文化」になってしまったのである。戦後のエロティシズムは、食欲であれ性欲であれ消費欲であれ、ゆたかさを謳歌するにとどまり、ばらまかれた餌を食いつぶす池の鯉たちのように、自民党政治の範囲内で、私的な欲望を満たしているにすぎない。三島が戦後のエロティシズムを認めず、擾乱する文化をもとめたのは、戦後を閉鎖空間だと考えていたからである。

以上のかんたんな説明からも、三島の時代診察と処方箋がわかるはずだ。三島にとって、共産主義もアメリカニズムも、ともに日本本来のすがたを奪うイデオロギーにすぎなかった。政治の場面では、佐藤栄作の自民党政治は、日本人の自立感情（ナショナリズム）の失敗を象徴するものだったし、文化の場面では、去勢と無害化が順調に進み、経済的なゆたかさの象徴として芸術は消費された。この閉塞感を打破するために三島がもとめたのは、きわめて復古的な方法である。政治では憲法改正による自衛隊の国軍化、すなわち対米自立であり、文化では近代以前のように、天皇が国語の中心的担い手になることをもとめたのである。

小田実と三島由紀夫は、時代への処方箋においてまったく交わることはない。しかし両者に共通するのは、アメリカへの懐疑、すなわち戦後的価値の相対化であり、マルクス主義の世界観の拒絶である。共産主義とアメリカニズム双方を拒むことは、吉本のいう「現在における諸思想というものの崩壊」を意識していたし、「私状況」と「文化概念としての天皇制」という処方箋で、この混乱した時代を手当てしようとしていた。このようにまとめることができるだろう。

さて本章の最後に、津田道夫『国家論の復権』にかんたんに触れておきたい。ここで今日、完全に忘れられた論客を呼び戻してきたのは、マルクス主義を修正し日本社会を読み解こうとした「古い医者」のタイプの典型だからである。しかもこの書には、「吉本隆明の国家観の批判――「自立の思想的拠点」の問題」という論文が収められており、当時、吉本の思想が、左派からどのように受け取られていたのかが、よくわかるからである。吉本が『共同幻想論』を書いた背景には、日本国内ではまだまだこうしたタイプの知識人が最大勢力だったこと、したがって彼らが依拠しているエンゲルスやレーニンをどう批判するかが重要な論点だった。

津田によれば、今、最も必要なのは「国家論の原理的再建」である。マルクス主義は国家論を科学的に分析し、国家の消滅を主張してきたものの、現実との激しいズレを生みだしていた。一九五六年一〇月から翌月までつづいたハンガリー事件では、ソ連の圧政からの解放をもとめたハンガリーにたいし、フルシチョフは戦車をブダペストに進駐させ「反革命」分子を掃討した。スターリンにたいする個人崇拝をきびしく批判したフルシチョフ自身が、暴力に訴えて全体主義体制を維持したことは、国際社会に衝撃をあたえた。とりわけ、ソ連共産党を理想視してきた知識人たちにとって、この現実をどう受け止め、理論とのあいだに整合性をつくるのかが大きな課題であった。津田もまた、日本の左派知識人として、この問題を深刻に受け止めたひとりだった。現実の混乱の前に思想は無力ではないか。否、むしろマルクス主義こそが、現実に混乱をもたらした張本人ではなかったか。左派知識人は自問自答することをしいられたのである。自分が信じているマルクス主義を放棄すれば、世界をどう理解したらよいのか、基準は失われる。津田もまた、吉本の「諸思想というものの崩壊」を予感しつつも、なおマルクス主義にしがみつづけていた。

その際、津田がとった戦略は、レーニン『国家と革命』を一から読み直すことだった。また『国家と革命』がエンゲルス『家族・私有財産・国家の起源』の引用に溢れており、影響を受けていることから、エンゲルスの唯物史観を原理的に再建する必要があると主張した。津田が頻繁につかう「原理的」とは、共産主義圏の国家が激動している渦中で、あくまでもしずかに国家とは何かを考えようという意志である。その津田がもっとも意識し、ライバル視していたのが吉本隆明だった。だが、津田の論文「吉本隆明の国家観の批判」を読んでみると、皮肉なことに、吉本が当時、何をめざして言葉を紡いでいたのかがよくわかる。吉本思想の核心をよく理解することができるのである。

津田によれば、六〇年安保闘争いらい、吉本が取り組んだのは「古典的党派性」とは何かという問題である。わかりやすくいうと、私たちは「階級」であれ「プロレタリアート」であれ「平和」であれなんでもよいが、イデオロギーのもとで派閥や仲間をつくり他者を排除する宿命をもっている。美しい世界像、批判の余地のない正義をふりかざし、人は集合し、自分たちを信じ、共感しない者は悪として排除しようとする。ハンガリー事件でフルシチョフが、蜂起したハンガリー市民を「反革命」分子とよんで批判したのも、ソ連の理想にしたがわない連中は粛清すべしという正義感に基づいている。

吉本は、人間とは、宿命的に派閥をつくり自己絶対化をする存在だと考えている。これが「古典的党派性」である。国家もまたこうした党派性のひとつである。だから国家を考えるとは、何かを信じ切ってしまう人間について考えることを避けて通れない。自己を無謬であると信じこむことの恐ろしさと、国家権力がもつ恐ろしさはおなじである。だから国家論は宗教論をふくまねばならない。人間の業に近づき、その特徴を暴かないかぎり、国家とは何かはわからない。しかも日本では、国家は「天皇制」をかんがえることを不可避とするから、マルクス主義では国家の実像に迫ることはできない。

小田実・三島由紀夫・津田道夫そして吉本隆明に共通するのは、激変する国内外の政治的状況にたいして、「原理的」に国家とは何かを考えようとする姿勢である。現実はたしかに、混乱している。思想など、現実の前には無力に思える。また実際、饒舌に時代情勢を語るマスコミや、安易にマルクス主義の図式をあてはめて、政権批判をくり返す知識人がいた。だがそれで本当によいのだろうか。勇気をもって時代からいったん距離をとり、本質にまでさかのぼり、国家の成り立ちを暴きだす必要があるのではないか——吉本隆明が『共同幻想論』で取り組んだのは、こういう問題であった。

3　エンゲルスとレーニン

もう一度、本書の方針を確認しておこう。

『共同幻想論』は、国家とは何かを、当時、最高水準で解明した本である。それは今日も意義を失っておらず、のちに触れるように、現代社会を読み解くためのヒントを提供してくれる。だが本文に直接、アタックしても難解で解読できず、かなりの確率で挫折する。挫折を乗り越えるには、やさしい語り口の講演録から読みはじめるのがよいが、半世紀以上前の講演をよりよく理解するには、さらなる補助線が必要だ。こうした思いから、この解説は書かれている。

私は先に、『共同幻想論』を理解するには、二つのことをどうしても押さえる必要があると書いた。第一に、六八年前後の思想風景を共有しておくことが重要であり、前章はこの目的のために書いた。そのうえで、第二に、吉本が国家のなりたちを考える際、土台としたのがエンゲルスとレーニンであり、彼らの著作内容にある程度なじんでおかないと、吉本が何を仮想敵として対峙し、論をすすめているのかがわからない。そこで本節では、『家族・私有財産・国家の起源』と『国家と革命』の二冊について、かんたんに思想の骨格をつかんでおくことにしたい。

一八八四年刊の『家族・私有財産・国家の起源』において、エンゲルスが取り組んだのは、家族関係の変遷によって、国家誕生の瞬間をつかみだすことだった。

人類学者モーガン（本文各篇ではモルガン）の『古代社会』とマルクスの『古代社会ノート』を参照すると、家族の原始状態は決して一夫一婦制ではない。今日、私たちは男女が自由に出会い、婚姻し、家族をつくることを一夫一婦制であると考えているが、それは人類初期からあった家族関係ではない。

逆に一部族のなかで、あらゆる男女が無制限の性交をおこなっている状態こそ、人間社会を動物社会からわける特徴である。動物社会では、メスの相手は一匹のオスにかぎられるが、オスは複数のメスと交尾し家族を形成する。この一夫多妻制で注目すべきなのは、メスの相手が一匹であること、つまり複数のオスと交尾はしないという点にある。なぜなら特定のメスと複数のオスが交尾してしまうと、オス同士に敵対関係が生まれるからだ。だからオスはつねに縄張りを主張し、他のオスを威嚇しメスに近づけないようにする。つまりオスの「嫉妬」こそが、動物社会を成り立たせる根源的要因なのである。エンゲルスは、この「嫉妬」からの解放こそが人間社会を特徴づける決定的要因であると主張した。男たちの集団全体と女たちの集団全体が、たがいに自由に性交する。いいかえれば共同所有が人間社会の本来のすがたなのであって、一男性が一女性を独占所有することはないのである。「嫉妬」が生まれない「集団婚」と名づけられたこの状態が原初の人間社会なのであって、一夫多妻制をへて、一夫一婦制はずっとのちに制度化された例外的な家族観なのである。

次に、無規律の性交から親と子の性交が禁止され、さらに姉妹と兄弟間も排除されてゆく段階を、「プナルア家族」と呼ぶ。この過程で重要なのは、自由な性交によって子供が生まれた際、子の父親がだれであるかは不明であるが、母親はだれなのかは明瞭だということだ。子供が母胎から生まれる以上、だれが子供の母親なのかはわかりやすい。いっぽうで、「嫉妬」から解放され、複数の男と交わった以上、父親を特定することは難しい。「このもっぱら母方による血統の承認と、時がたつにつれてそこから生じた相続関係とを、彼は母権制という名称でよんでいる」（『家族・私有財産・国家の起源』岩波文庫、56頁）とエンゲルスはいっている。「嫉妬」なき共同所有の状態から、親子兄弟姉妹の性交を排除していく段階では、人間社会は、「母権制」によって成り立っているのである。

この安定した状況に大きな変化がおきる。家畜と畑作の登場である。

家畜と畑作は、日々食料確保に奔走していた生活から人間を解放し、大量繁殖と大量生産を可能にすることで、乳や肉、穀物を貯蓄することを可能にした。つまり持続的にものを私的所有すること、「財産」が登場してきたのである。「母権制」社会では、血統は女性を軸に受け継がれていくので、死亡した者の財産も、氏族内のもっとも近い母方の血族が相続していた。これを子供の側からみたばあい、母方の財産は相続できても、父親の財産は相続できないということを意味する。父親の財産は彼が生まれた母方の親族にとられてしまうからだ。

しかしそもそも、家畜の飼育や畑作は男性によっておこなわれていたことから、次第に、父親がみずからの私有財産を、子供に相続させたいという衝動が生まれる。ここにマルクスとエンゲルスが決定的だとみなす、人間社会の変化がはじまる。「母権制」が崩壊し、男性（父親）が中心となって、みずからの家畜や奴隷を保持し、さらに女性（母親）を家事に従事させる「家父長制」へと、家族関係が変わるのだ。エンゲルス自身の分析を聞こう――「母権制の転覆は、女性の世界史的な敗北であった。男性は家のなかでも舵をにぎり、女性は品位をけがされ、隷属させられて、男性の情慾の奴隷、子供を生むたんなる道具となった。（中略）いまや樹立された男性の独裁の第一の結果は、この時期に姿を現わす家父長制家族という中間形態に示される」（傍点原著）（同前、75・76頁）。

ここで女性が情慾の奴隷であり、子供を生む道具のような存在だといわれていることに注目しよう。家父長制が人間社会におこした決定的転換とは、財産を男系で相続するために一人の男性に一人の女性が隷属させられる点にある。つまりこの瞬間、人間はこれまでの集団婚から一夫一婦制になったということだ。

この主張は、今日の私たちの常識とはまったく異なるものだ。

私たちはふつう、一人の男と一人の女が出会い、愛しあい、その結果、子供に恵まれると考えている。つまり一夫一婦制こそ男女の基本型であり、家族関係のはじまりだと思っている。だがマルクス主義では、そうは考えない。家族関係の本来のすがたは集団婚であり、集団婚とは男女が自由に性交する社会である。男女だけではない、家屋ふくめたすべてが共同所有され、嫉妬なき理想社会を「原始共産制的な合同世帯」だとエンゲルスはいう。

だから私有財産の登場が、堕落の歴史のはじまりとなる。男性は財産継承のために子供を必要とするのであって、その逆ではない。つまり子供がかわいいから、美田を遺そうとするのではなく、自分の財産を後世にまで遺したいというエゴイズムのために、子供を必要とする。そして女性は子供を生むための道具として、男性に隷属する。家庭内奴隷として子育てをさせられ、社会参加の機会を奪われる。

こうして一夫一婦制は、甘酸っぱい恋愛の結果ではなく、「歴史に現われる最初の階級対立は、一夫一婦制における男女の敵対関係」ということになるのだ。結婚は男女間の敵対関係のはじまりであり、女性従属のシステムなのだ。ここにマルクス主義でもっとも著名な概念、すなわち「階級対立」という言葉がでてくる。

敏感な読者であれば、以上のエンゲルスの家族観に、今日、さかんに議論されているフェミニズムやジェンダー問題の源泉があることに気づくだろう。選択的夫婦別姓や女性の社会進出をめぐる議論も、とうぜん関係してくるはずである。男性中心主義を批判するこうした立場からは、男女の婚姻や子供を生むことは負の意味しかもたない。子育てが父母の人生をゆたかにするとは考えない。子育ては男性服従のシンボルなのである。だとすれば、昨今の晩婚化と少子化もまた、マルクス主義の家族観の影響かもしれない。私たちは家族の一員として生きることを「束縛」と考えてしまう。「家のなかに閉じ込められる」という、よく聞く言葉は、子育てを何かを奪うものとして否定的にとらえる価値観だからだ。

だが本書にとって大事なのは、ここに留まることにはない。

家族と私有財産の関係がわかった今、最終的に、どのようにして国家が登場するのかを問わねばならない。ここでエンゲルスが注目したのが、「貨幣」と「商人」の登場であった。

たとえば遊牧民族は、部族と部族のあいだを往来し、さまざまな物品を交換する。その際、多様な物品の価値を評価する基準となったのが男性が所有する家畜だった。この衣類は家畜何頭分、この家財道具は何頭分といった具合である。あらゆる物品はこうして家畜の前に平等な商品となり、商品交換の基準である家畜は、人類最初の「貨幣」の誕生を意味するのだ。なぜなら貨幣は、一〇〇〇円という基準によって、鉛筆もトマトも慰謝料すらも等価交換できるからだ。さらに工業の発達が、日常生活の必要をはるかに上まわる商品生産を可能とし、その商品を売りさばくことを専業とする「商人」の登場をうながした。

以上が、資本主義経済成立の経緯を説明しようとしていることはいうまでもない。

人間社会は、共同所有の状態からまずは離陸し、家庭内での最初の階級対立をへて、今や社会関係全体が富める者と貧しい者に分裂してしまった。家畜からはじまった財産は、いまや貨幣をどれだけもっているのかという貧富の格差を生みだす。諸階級は対立する。分裂した社会は、絶えざる対立と闘争にさらされる。集団婚時代にはなかった「嫉妬」が、人びとの心を怒りに駆り立て、抗争を激化させる。こうした対立状態を隠蔽するためにつくられたのが、「国家」である、というのがエンゲルスの最終的な結論だ。かくしてエンゲルスにとって「家族」と「私有財産」は否定されねばならず、「国家」もまた否定されねばならない。

つまり共産主義の側からみれば、一夫一婦制・私有財産・資本主義・国家はすべて＝でつなげられる。家族関係の変遷を追いかけることで、資本主義と国家誕生をあざやかに描いた『家族・私有財産・国家の起源』は、絶大な影響力をもった。資本主義とは「原始共産制的な合同世帯」を破壊し、多くの人びとを貧困に突き落とすシステムである。どうすれば乗り越えられるのか。その最終形態である国家を否定できるのか。知識人はエンゲルスという名医による時代診断に酔いしれた。

吉本は、以上の議論を強烈に意識して、自らの国家論を練りあげていくことになる。

＊

そしてもう一人、この著作から決定的な影響を受けて、自身の活動に活かした人物がいた。もちろん、レーニンのことである。エンゲルスが理論的に国家の誕生を記述したとすれば、レーニンは徹底した現実主義者だった。革命をおこすために、現実に伴奏するように言葉を紡いだ。

レーニンの『国家と革命』は、一九一八年に刊行された。刊行年から容易に想像がつくように、書かれたのは前年の八月から九月であり、二月革命と一〇月革命のあいだの、もっとも政治的緊張が高い時期のことだった。ロシア革命の激動期を生きたレーニンは、資本主義の乗り越え方をめぐり、いくつかの敵対勢力を意識していた。たとえば無政府主義者のばあい、国家は一撃のもとに粉砕できるとみなしているが、レーニンはそうは考えない。国家の完全な廃滅のためには、階級を廃止するだけでなく、より長期的な資本主義システムへの挑戦が必要不可欠だと考えていた。またレーニンがしばしばつかう「日和見主義者」とは、国家が膨張し帝国主義化し、たがいの覇権を争う現実を目撃しているにもかかわらず、なお国家の廃絶と死滅はないだろうという立場のことを指す。

レーニンは無政府主義者と日和見主義者いずれもが現実を直視せず、ユートピア主義であると非難した。彼らが資本主義を敵にしていること、これ自体は正しい。時代診察の結果、病原は資本主義にあると考える点で、レーニンと違いはない。しかし彼らの時代診察は未熟なのであって、資本主義がいったい何を私たちにもたらしているのか、より深い診察をしないかぎり、処方を間違える。そして実際、彼らは間違った投薬を時代におこなっている。

レーニンが強調したのは、現実は二種類存在するということだった。この点にかんして、近年、きわめて興味深い考察をおこなったのが、政治学者の白井聡である。白井を参考にすると、レーニンの現実には二つの意味があり、「現実」と〈リアル〉に区別すべきであることがわかる。そして前者は否定されるべきであり、後者は肯定されるべきなのである（『未完のレーニン』）。どういうことだろうか。

まず、私たちの日常を支配する「現実」は、純粋資本主義に覆いつくされている。あたらしい市場をもとめて資本は膨張する。純粋資本主義は世界のあらゆる場所にフロンティアを探して広がる。レーニンの眼の前には、帝国主義化した国家群が、しのぎを削り無秩序化した世界があった。エンゲルスは資本主義と国家の誕生をむすびつけたが、レーニンはさらに、資本主義が膨張してゆくことから、国家もまた帝国主義的拡大を宿命とすると考えたわけだ。

国家の具体例としてレーニンがあげたのが、常備軍と民主主義である。本来、階級格差は貧しい者たちの怒りを生みだすが、資本家と労働力のあいだに宿るこの対立感情を隠蔽する装置が国家なのであり、常備軍なのである。常備軍の設置によって貧民の怒りは国家権力に鎮圧されてしまい、富める者たちに都合のよい今の社会が維持管理される。

また第二に、民主主義とは、普通選挙権を人びとにあたえることで政治参加をうながし溜飲をさげてもらうシステムである。しかしこれもまた、ブルジョアの支配装置にすぎず、貧しい労働者の意志を代表することはできない。純粋資本主義とそれを補完する国家をどう廃絶すべきか。ここに病理克服の鍵がある。レーニンが時代にだした処方箋は、次のようなものである。

ブルジョアジーの支配の打倒は、特殊な階級—その経済的存在条件が、かかる打倒を準備させ、これをなしとげる可能性と力とをあたえる—としてのプロレタリアートによってのみ可能である。ブルジョアジーは、農民やすべての小ブルジョア層を分裂させ、ばらばらにするのにたいして、プロレタリアートを結集し、統合し、組織する。（『国家と革命』岩波文庫、41頁）

当たり前のようにつかわれている「ブルジョアジー」「プロレタリアート」という言葉は、令和の私たちには馴染みがうすい。その点をふまえて、レーニンの主張を取りだすと、次のようにまとめられる。純粋資本主義はきわめて手ごわいシステムであり、支配者階級の体制維持に役立っている。そのシステムに亀裂を入れ、壊すにはどうしたらよいか。それは特殊な階級、すなわち労働者階級によっておこなわれる。その特徴は経済的に貧しいこと、しかもおなじ貧しい農民と決定的に異なるのは、団結し、組織化することで、純粋資本主義に対峙できる点にあるのだ——。

以上の主張は、一見、とてもわかりやすい。しかし引用で注目すべきなのは、労働者階級の特徴を「力」と「組織」という言葉で説明している点にある。白井によれば、レーニンは、第一次世界大戦下ではじめて登場した総動員体制を念頭においてこの言葉を使っているという。総動員体制とは、従来の戦争があくまでも軍隊同士の戦いであったのにたいし、はじめて市民があらゆる場面で動員され、国家に全面奉仕する体制のことをさす。人類史上はじめて、大規模な人間の「統合」と「組織」がおこなわれたのだ。この総動員体制を参考に、レーニンは労働者階級を組織化し、革命のために動員すべきだと考えた。世界はブルジョアジーvs.プロレタリアートという二元論でとらえられる。善悪ははっきりしているのだから、革命の正義感が巨大なエネルギーとなって、国家を転覆させるはずだ。

以上が「組織」の説明だとすれば、では「力」とは何だろうか。「力」とは、簡潔にいうと、純粋資本主義の閉塞を打破するエネルギーのことである。組織化された労働者が秩序をゆさぶり、破壊し、革命を成し遂げようとするエネルギーのことである。

その「力」の特徴は日常を支配する「現実」の解体であり、祝祭的時間、非日常性、あるいはある種の狂気のことである。私たちの眼の前の風景がガラガラと音を立てて崩れるとき、「現実」の向こう側に現れるのが〈リアル〉である。現実＝純粋資本主義は、〈リアル〉＝組織化された労働者のエネルギーによって解体される。その革命的ダイナミズムこそ「力」なのだ。

エンゲルスは国家の成り立ちを家族関係から解き明かそうとした。レーニンはその国家を「組織」による「力」のダイナミズムで徹底的に壊すことを提案している。純粋資本主義という病理にたいする処方薬は、〈リアル〉という劇薬だった。この人間の組織化による国家の否定という考え方が、吉本思想の特徴をしるうえで大きな意味をもつので、読者は覚えておいてほしい。

ようやく、準備運動を終えることができたようだ。

『共同幻想論』が登場した一九六八年は、「諸思想というものの崩壊」を意識すべき過渡期だった。にもかかわらず、日本の知識人の多くは、エンゲルスとレーニンの範囲内で思考している。世界を善悪二元論でわけ、「組織」という単純な暴力をふるい、正義の側にたち破壊すれば、純粋資本主義と国家を克服できるという考え。「組織」による国家の超克の追求。この常識に挑戦したのが、『共同幻想論』なのである。

Ⅱ　ＡＩ時代の『共同幻想論』

1　講演録の読み方

準備運動を終えたのだから、さっそく本編第Ⅰ部の講演録を読んでみよう。まず吉本は、「個体・家族・共同性としての人間」の冒頭で、人間とは何かという問いをたて、人間とは個体が他の個体と「関係つけ」をおこなう存在だと定義した。その際、きわめて特徴的なのは、人間関係とは、根本的には「性」的なものだと強調したことにある。では、「人間とは性的な存在である」とは、どういうことなのだろうか。

性を恋愛の場面で考えてみよう。すると男女は微妙な駆け引きによって、恋愛を紡いでいることがわかる。表面上は仕事の会話をしていても、眼で相手への好意のシグナルを送ることがある。二人で歩いていて、何となく肩がふれあい、そのやわらかな感触に心が通い合っていることがわかる。人間はこうした伸縮する相手との距離感によって生きる存在である。他者との関係はとてもエロティックで、近づいたり離れたりしながら、お互いの関係がどのあたりにあるのかをさぐり、想像をめぐらしている。だから吉本は、人間は「幻想」を操る生き物なのだと考えた。その基本は家族のなかで紡がれる関係の伸縮であり、これを「対幻想」と名づけるべきである。「対幻想」がどのように拡大して国家になるのか、つまり「共同幻想」がつくられるのかを追いかけるべきだと主張したのである。

ここで批判の俎上に載せたのがエンゲルスだった。

エンゲルスの決定的過《あやま》ちは、まず集団婚をすべての出発点にすえたことにある。自由な性交を重視したのは、人間社会のはじまりにおいて「嫉妬」を排除したいからだ。エンゲルスはどうしても本来の人間社会は、「原始共産制的な合同世帯」でなければならないと思ったのである。

これを現代風にいえば、シェアハウスで住居や家財道具をゆるく共有する発想に近い。それをもう少し進めれば、持ち物すべてを自由につかえる方が、たがいの争いごとがなくなるだろう。その究極は、男女が自分の体の所有権すら放棄して、相手と思いのままに性交すればよい。相手を独占したいという感情が嫉妬のもとなのだから、所有という概念を放棄すればよいのだ。エンゲルスは、こうした理想世界がまずあって、次第に堕落していくという下降史観の持主だった。エンゲルスも吉本とおなじく、性から人間を考えたが、性がもつ豊饒で多面的な駆け引きを、経済的範疇（階級格差）に限定し、狭い視点からのみ眺めた。その結果、男女関係は最初の権力関係の発生であり、男性が女性を隷属化する資本主義社会が生まれた――この論理はすでにみてきたとおりだ。エンゲルスにたいする吉本の違和感は、次のようなものである。

エンゲルスの国家論は、レーニンをはじめロシア・マルクス主義者たちのいわば原典になっているわけですけれども、そこにおける国家論のあらゆる欠陥、つまりあらゆるあいまいな位相からのあいまいな観念の導入というものがおこってくる基盤は、実に国家の共同幻想性というものと経済的諸範疇というものとをあいまいな位相で結びつけようとしたところからきています。

（「個体・家族・共同性としての人間」、本書30頁）

吉本がこだわったのは、性の豊饒さを保存することであり、嫉妬もまた人間がもつ不可避の情念であると認めることにある。性↓階級の発生ではなく、性↓幻想の発生ととらえたのだ。とくに、相手の心を読みとろうとする男女間の駆け引きを「対幻想」と名づけた吉本は、対幻想は人間関係の伸縮を表現したものだから、実際の肉体関係を考える必要はないとする。兄弟姉妹のあいだにも感情の駆け引きはあるのだから、疑似的な性関係である。そして兄弟姉妹は結婚することで各地に拡散していくことができるから、共同体は家族から漸次、拡大していくと考えたのである。これは共同体がどれだけ拡大したとしても、性関係、つまりエロスをふくんでいることを意味する。

ここで三島由紀夫が自衛隊の憲法明記と、天皇の文化的意義を強調して命を絶ったことを思い出してみよう。これは国家が性とその裏面にはりつく死を基礎としていること、エロスとタナトスによってつくられていることを示している。右派が国のためには命も惜しまないと叫ぶのと、左派が革命で国家転覆をするためならば死を賭すというのは、実はおなじ心情からでている。三島の小説「憂国」を読めばあきらかなように、国家への愛は死をふくんでいる。国家をかたる際、人びとがここまで興奮するのは、性的甘美さと暴力が、国家の根源的特徴だからである。

吉本の国家論をこのように理解したとき、エンゲルスのそれが如何に一面的かがわかるだろう。エンゲルスにとって、集団婚は、最終的に一夫一婦制と資本主義、そして階級を生みだすものであり、その矛盾と対立を隠蔽するために国家という装置が開発された。吉本が「経済的諸範疇」だけでは国家の謎はとけないといったのも、性と死が混在し伸縮する人間共同体を、経済だけの視点でとらえることの限界を指摘しようとしたからである。人は経済合理性で考えれば、ぜったいに選択しない方を選ぶことがある。経済的にみれば、安い方を選ぶのが人間ということになるが、あえて高い品物を購入することで、見栄を張り、親の驚く顔をみて満足する、これが人間なのだ。

国家にみずからの命をささげる意志は、合理性では説明できないのである。

こうした陰影と複雑さをしりつくしたうえで、吉本は、国家誕生の瞬間を次のように語る。

具体的には「法」が生まれた瞬間が、国家誕生の瞬間なのである。それ以前の共同体と国家を決定的にわけるのは刑法の成立である。そしてこの場面で、吉本は、日本国成立の瞬間をもとめて、『古事記』を導入することになる。講演「幻想―その打破と主体性」「幻想としての国家」「国家論」には、その消息がきわめてわかりやすく描かれている。そして第Ⅱ部「宗教としての天皇制」で、より詳細にこの点が論じられていくのである。

『古事記』によれば、日本人には罪の概念をめぐり二つの考え方があった。「天津罪」と「国津罪」のことである。前者は農耕にかんする共同体への侵犯などであり、後者は呪術的な要素をふくんだ、婚姻にまつわる法である。たとえば母と子による近親相姦や呪いによって家畜を殺す、鳥が突然、家のなかに飛び込んでくるなどの凶事が起きたとすると、こうした行為・事件にたいしとられる措置は「御祓い」であった。御祓いとは、共同体内部に起きた凶事を不浄ととらえ、それを除去することで秩序を維持するいとなみである。

ここで重要なのは、凶事という感覚が実は「共同幻想」にすぎないという点にある。

鳥が家に突然はいってきたこと、これは単なる事実である。鳥が単に傷ついていたかもしれず、風向きのせいかもしれない。これが合理的説明であり、経済的範疇によるものの考え方だ。しかし、私たちは解釈する生き物であり、象徴的意味を事実に読みこむ存在である。この事件は何となく不気味だ、共同性を脅かす不吉な予感だという感覚が共有されると、家畜の殺害や鳥の突然の侵入に、忌まわしい意味が付与される。この忌まわしいという漠然とした感覚が、共同体全体に広がることで、鳥は象徴的な意味をもつようになる。

私たちは豚を食べることを厭わないが、犬を食べると聞くとギョッとする。複雑な気分になる。その最終的な根拠は、じつはわからない。こうした今日では文化的な事象とされる事態が、かつては呪術的な不吉なものとして、共有されていた。この「共同幻想」を排除し、平穏な日常を取り戻すために、御祓いがおこなわれる。その行為にはどこか宗教的な要素がのこっていることがわかるだろう。

こうした「共同幻想」が、天皇制統一国家以前の秩序観であるのにたいし、「天津罪」はそれ以降に成立した〈近代的〉な概念である。その象徴は『古事記』に登場するスサノオで、彼は命令に背き、泣きはらし怒りに任せて畔を壊す。もちろん畔とは農耕社会の象徴であり、スサノオは農耕社会の秩序破壊者の象徴なのである。吉本は、天皇制と農耕社会にはふかい関連性があるとしたうえで、スサノオによる共同体秩序の破壊が罰せられる瞬間に、刑罰と刑法の誕生をみる。事件を引き起こしたことにたいし、共同体から放逐したり、罰をあたえたりすることで、秩序維持がなされるのである。刑罰をあたえる側には、自分たちの共同体には規則があり、それを自覚的に適用するという意志がある。人間がつくった法により人間を裁くのだから、この時点では宗教的な意味あいはなくなっている。この「国津罪」から「天津罪」への転換の瞬間に、吉本は国家誕生をみたのである。国家、すなわち刑法が人為的制作物だといいたいのだ。

　ではなぜ、吉本は二つの罪のちがいに、ここまでこだわったのだろうか。次の引用をみてほしい。

〈天津罪〉の概念に含まれていくものは、農耕社会的であり、また法国家的であり、また生産関係を規定するより高度なものといえます。〈天津罪〉の範囲を背負うものとして、天皇制の集団が存在するということになります。だからそこの接目がよくわからないということは、たいへん重要な問題とおもわれます。この接目をはっきりさせれば、千数百年前を起源とする天皇制統一国家は、それほどの根柢をもたないことがしだいにはっきりするとおもいます。

（「宗教としての天皇制」、本書171頁）

「接目」という言葉に注目してほしい。吉本はこの古代国家論を、実は自身の戦争体験に基づいて描いている。吉本は戦時中に、天皇制にのめり込んだ世代である。それはある秩序を完全に信じ、無謬性を疑わなかったという体験である。つまり「共同幻想」の渦中にいる自分に気づかなかったわけだ。この信仰に「亀裂」をあたえ、脱出するためには、いま当たり前だと思っている秩序の源流にまでさかのぼり、その「接目」を暴露せねばならない。そうすることで、たとえば天皇制の歴史も、たかだか千数百年にすぎないというふうに、相対化することができる。エンゲルスやレーニンとは異なる方法で、国家を相対化できるというわけだ。

吉本は一九六八年を「諸思想というものの崩壊」だといったが、より深刻な事態が、二三年前の八月一五日に起きていたのである。焦土と化し、あらゆる秩序が崩れた荒野を前に、吉本は、精神の危機に直面していたのであって、精神から色彩と遠近は失われていた。なにを基準に世界を理解すればよいのか、わからなくなっていたのである。このゼロ地点から出発し、自力で秩序を恢復し世界を理解すること。改めて、ゼロ地点から「共同幻想」、つまり戦前の国家がどのように形成されてきたのかを考察すること――これが吉本の思想を、きわめて深いものにしているし、また射程の長いものにしているのだ。一九六八年の吉本は、二三年前の自分にむかって答えを書いている。このようにいうことができるだろう。

本解説の冒頭で、「学生時代に読んだとき、正直、同時代性がまったくわからなかった」という識者の言葉を引用したが、いまやこの困惑に答えをあたえることができる。共産主義のように、経済的視点から国家を批判しても限界がある。本質的な批判は別の方法によってなされる。それが「共同幻想」とは何かをふかめることであり、その先に、国家の相対化は可能となるのである。実は、『共同幻想論』自体は、国家のなりたちのみを分析した本である。だから「共同幻想」に亀裂をいれ、相対化するための方法については書かれていない。いいかえれば、国家とは何かという問いにたいし、診断は書いてあるが処方箋は書いていない。

第Ⅱ部に収録した柳田国男論や沖縄論は、こうした観点をふまえて、処方箋を付したものである。柳田民俗学や沖縄の歴史には、「天津罪」時代以降の日本の歴史に亀裂をいれ、それ以前の日本、より古来の日本をしる手がかりがある。それは「接目」がどこにあるのかを、おしえてくれる。吉本が「国津罪」と「天津罪」のちがいに敏感だったのは、相対化の方法を模索するためなのであった。

2　ＡＩ時代の「共同幻想」

ところで批評には、同時代性がなければならない。

吉本隆明が批評家なのは、時代が押しつけてくる問題を、原理的に思想したからである。原理的とは、人間とは何か、人間はどういうふるまいを無意識のうちにしているのかをあきらかにすることだ。事件はつねに起きる。人びとは饒舌に論評するし、専門家は分析をするだろう。だが専門家とは小粒なエンゲルスのようなもので、豊饒な人間存在のごく一部を切り取り説明しているにすぎない。なすべきことは逆であり、ごく些細な事件から人間の深部を暴露することだ。だから批評家という仕事は、時代性と超時代性の両方にたいし、めくばりが利く人物にしかできない。吉本はそういう言葉をもつことができた稀有な批評家だった。

ここでは最後に、令和をいきる私たちが、「共同幻想」というキーワードから何を学ぶことができるか、簡単なスケッチをしておきたい。

昨今、もっとも注目を集めているキーワードに、ＧＡＦＡＭと呼ばれるインターネット・プラットフォーム企業と、彼らが主導しているＡＩによる技術革新があげられる。私たちは一日の時間のおおくを、パソコンや携帯画面をのぞき込むことにつかっている。日常の三次元空間ではなく、画面のむこうに広がる新しい空間のなかに身を置き、消費活動や情報取得をおこなっているのである。私たちは無意識のうちに、ＧＡＦＡＭのつくる基盤のうえで、彼らがあたえてくれる情報に踊らされている。こうした現代社会を、どう理解したらよいのか。そこで私たちはどんな生を営んでいるのだろうか。説明を簡略化するために、三つのキーワードで説明しよう。「デジタル荘園」「テクノ・リバタリアン」「脱・中心化」がそれである。

たとえば私たちは、ネット上でYouTuberとして動画配信をし、よりおおくの視聴数を得ることで収益をあげ、著名人になることができる。またインスタグラムに写真を投稿し、注目を集め、自己承認欲求をみたすこともできる。あるいは視聴した映画について感想を書いて投稿し採点する場合もあるだろう。興味深いのは、YouTubeの投稿がメガヒットすると、国境や言語の壁をこえて、世界的なヒットメーカーになれることである。一人自室にこもり、六畳一間で作成された動画が、ネット上におかれた瞬間、可能性としては世界大に拡散されうるのだ。

これが意味することは何か。それはＧＡＦＡＭが所有する広大な「私有地」で、私たち一人ひとりがせっせと情報を更新し、耕して得た成果物の大半を上納しているという事実である。私たちは小作人として収益をあげつつも、そのおおくをプラットフォーマーに吸いあげられる。このからくりがわかれば、現在のネット社会を「デジタル荘園」と名づける意味がわかってくるはずだ。日本史の教科書などをみれば、大化の改新で律令体制が整備されると、国家は国民にたいし口分田をあたえ耕作させ、税収をえたと書いてあるだろう（班田収授の法）。しかし国家の衰退とともに国家権力の範囲外に広がったのが、荘園である。荘園とは、自治的に運営される田地のことで、国家とは異なる荘園領主のもとに収益は吸いあげられる。当然、その治安維持は自警団によってなされることになり、ここに武士の登場をみるわけだ。

この歴史の知識を現代にあてはめてみよう。国境を越えた企業であるGAFAMは、あたかも荘園領主のような存在である。彼らが開墾したプラットフォームに、私たちは小作人として参加し、一所懸命、田地を耕す。収穫物（視聴者）を得るためなら、YouTubeの内容は暴力的であっても性的であってもなりふり構わない。荘園領主によるその規制は、あくまでも安定的な収益を得られる範囲内のよわいものになる――。

さて、現代の荘園領主たるGAFAMの経営者は、国家をまったく信用していない。自分たちは国境を越えたビジネスを展開し、国家の規制の管轄外でありたいと思っているからだ。こうした究極の小さな政府主義者のことを、デジタルをつかった自由主義者という意味で、「テクノ・リバタリアン」と呼ぶ。

彼らからみた場合、伝統的な政治的対立である保守vs.リベラルは、まったく時代を正確に把握できていない。保守派は歴史と伝統を重んじ、共同体主義をかかげている。

ところで実は、リベラル派も市民運動による弱者の権利擁護にみられるように、共同体を重んじているのである。

これにたいし、「テクノ・リバタリアン」は、徹底的な個人主義である。

その典型例が、たとえば仮想通貨である。私たちが、一枚数十円で作成できる一万円札に価値をかんじ大事につかうのは、一枚の紙を「信用」が支えているからである。ではその「信用」の根源とは何かといえば、国家（政府）にたいする信頼にあるとわかるだろう。この「信用」が崩れる瞬間に恐慌がはじまると教えられてきたのである。だが、「テクノ・リバタリアン」はこの常識を受け入れない。政府の中央集権的権力を認めない彼らがつくりだしたものの一つが、仮想通貨であった。暗号通貨とも呼ばれるシステムが革命的なのは、「信用」の根拠を中央集権的に一つにするのではなく、徹底的に分散したことにある。ビットコインの原理が、全員による監視体制にあることに典型的なのだが、イーロン・マスクをふくめたリバタリアンたちは、「脱・中心化」した通貨体系をつくりあげ、各人ばらばらに荘園を運営し、国家から離脱しようとしているのである。暗号通貨の特徴は、きわめて個人主義に親和性があるのだ。

そして彼らが今、生みだしている最大の武器が、生成ＡＩであることはいうまでもないだろう。シンギュラリティという概念が指し示すのは、小作人に上納された夥しい収穫物（情報）をもちいることで、人間が個別の判断をくだすことなく、生成ＡＩ

が仕事や民意を代替し、人間の能力を超えた活躍をする世界である。たとえば選挙による自主的投票行動で民意をはからずとも、蓄積された情報から「無意識民主主義」（成田悠輔）へと時代は転換し、社会政策を決定できるようになるといった議論である。

以上の「デジタル荘園」「テクノ・リバタリアン」「脱・中心化」が、現代社会の潮流をなしている。意識の高い人ほど、この問題についてしりたい、世界がどう変化するかを教えてほしいと研修会や勉強会を開いている。私もそうした場所に参加させられもしてきた。

だが、そこで論じられている内容は、私の違和感を刺激することの方がおおかった。なぜか。それは私が、『共同幻想論』を読んでいたからだ。ではなぜ、吉本隆明の論考を読んでいると、現代社会に違和感をもつのか。

答えはこうである。世界はこれから情報の時代になるという。人間の役割はＡＩなどによって代替され、人間はより自由になるという。政治活動さえも集合的無意識の分析にまかせればよいのであって、主体的に選択する必要はなくなる。人びとは国家権力に監視され縛られるのではなく、自分たちの要求を実現する手段として、国家を使用していれば十分なのだ。

こうした世界観は、とてもわかりやすい。また自由な感覚をあたえてくれる。生成

ＡＩに大学のレポートから役所の文書までまかせれば時間に余裕もできるし、選挙に莫大な費用をかけたり、国民に絶叫して政策を説く苦労もなくなるからだ。

だがここで思い出してほしい。この空間は、国家をはるかに超える範囲で広がる少数の荘園領主によって経営されていることを。つまり「デジタル荘園」とは、国家権力ではなく、わずか数人の経営者、ＧＡＦＡＭを牛耳るごく一部の人間に、世界中の人びとが操られ、拝跪させられる時代の到来なのであり、新しい独裁が誕生しつつあるということなのだ。

私たちが住む民主主義国家とは、独裁を防ぐシステムのことである。自由意志で選挙をおこない国会議員を選定する。その国会議員から行政府にかかわる者たちが複数名えらばれ、組閣し、総理大臣のもとで権力を行使する。総理大臣ですらその権力は抑制的であることは、新型コロナ対策の際、おおくの権限が保健所や地方自治体の長にあり、政府が関与できなかったことからもあきらかであろう。これにたいし、国境を否定するＧＡＦＡＭは、選挙されたわけでもない数人の経営者が、人びとのおおくの時間と消費活動に忍び込み、しかも無意識のうちに人びとの心をつかむことで、世界を支配下におさめようとする企てである。だとすれば、これこそ新時代の「共同幻想」ではないだろうか。私たちが自由になっていると思うその瞬間、実はよりおおきなものに呑み込まれていることに気づかず、何かを信じ切っているのではないか。

「ＡＩ時代の吉本隆明」とは、こうした時代状況への告発の意味をこめてつけたタイトルにほかならない。

初出一覧

「個体・家族・共同性としての人間」

一九六七年十一月二日、御茶ノ水における東京医科歯科大学新聞会編集部主催の講演。『情況への発言』（徳間書店、一九六八年）に初収録。底本は『吉本隆明全著作集14』（勁草書房、一九七二年）。


「自立的思想の形成について」

一九六七年十月三十日、岐阜大学文化祭における講演。底本は『吉本隆明全著作集14』（勁草書房、一九七二年）。


「幻想―その打破と主体性」

一九六七年十一月十一日、愛知大学愛大祭における講演。底本は『吉本隆明全著作集14』（勁草書房、一九七二年）。

「幻想としての国家」

一九六七年十一月二十六日、関西大学千里祭における講演。『情況への発言』（徳間書店、一九六八年）に初収録。底本は『吉本隆明全著作集 14』（勁草書房、一九七二年）。


「国家論」

一九六八年七月二十五日、世田谷社会研究会における講演。底本は『吉本隆明全著作集 14』（勁草書房、一九七二年）。


「宗教としての天皇制」

一九七〇年五月十六日、学習院大学土曜講座における講演。『敗北の構造』（弓立社、一九八九年）に初収録。底本は『〈信〉の構造3　天皇制・宗教論集成』（春秋社、一九九九年一月三十日）。


「わが歴史論　柳田思想と日本人」

一九八七年七月五日、我孫子市市民会館で行われた「吉本隆明講演会」における講演。底本は『柳田国男論集成』（ＪＩＣＣ出版局、一九九〇年）。

「異族の論理」

『文藝』一九六九年十二月号に掲載され、『情況』（河出書房新社、一九七〇年）に収録。底本は『全南島論』（作品社、二〇一六年）。

国家《こつか》とは何《なに》か

吉本隆明《よしもとたかあき》セレクション

吉本隆明《よしもとたかあき》　先崎彰容《せんざきあきなか》＝編・解説

令和６年 12月25日　初版発行

発行者●山下直久

発行●株式会社KADOKAWA
〒102-8177　東京都千代田区富士見2-13-3
電話　0570-002-301（ナビダイヤル）

角川文庫 24475

印刷所●株式会社暁印刷
製本所●本間製本株式会社

表紙画●和田三造

●お問い合わせ
https://www.kadokawa.co.jp/（「お問い合わせ」へお進みください）
※内容によっては、お答えできない場合があります。
※サポートは日本国内のみとさせていただきます。
※Japanese text only

ISBN 978-4-04-400846-8　C0195

◇◇◇

角川文庫発刊に際して

角川源義

第二次世界大戦の敗北は、軍事力の敗北であった以上に、私たちの若い文化力の敗退であった。私たちの文化が戦争に対して如何に無力であり、単なるあだ花に過ぎなかったかを、私たちは身を以て体験し痛感した。西洋近代文化の摂取にとって、明治以後八十年の歳月は決して短かすぎたとは言えない。にもかかわらず、近代文化の伝統を確立し、自由な批判と柔軟な良識に富む文化層として自らを形成することに私たちは失敗して来た。そしてこれは、各層への文化の普及滲透を任務とする出版人の責任でもあった。

一九四五年以来、私たちは再び振出しに戻り、第一歩から踏み出すことを余儀なくされた。これは大きな不幸ではあるが、反面、これまでの混沌・未熟・歪曲の中にあった我が国の文化に秩序と確たる基礎を齎らすためには絶好の機会でもある。角川書店は、このような祖国の文化的危機にあたり、微力をも顧みず再建の礎石たるべき抱負と決意とをもって出発したが、ここに創立以来の念願を果すべく角川文庫を発刊する。これまで刊行されたあらゆる全集叢書文庫類の長所と短所とを検討し、古今東西の不朽の典籍を、良心的編集のもとに、廉価に、そして書架にふさわしい美本として、多くのひとびとに提供しようとする。しかし私たちは徒らに百科全書的な知識のジレッタントを作ることを目的とせず、あくまで祖国の文化に秩序と再建への道を示し、この文庫を角川書店の栄ある事業として、今後永久に継続発展せしめ、学芸と教養との殿堂として大成せんことを期したい。多くの読書子の愛情ある忠言と支持とによって、この希望と抱負とを完遂せしめられんことを願う。

一九四九年五月三日

角川ソフィア文庫ベストセラー

改訂新版　共同幻想論
吉本隆明

原始的あるいは未開的な幻想から〈国家〉の起源となった共同の幻想までを十一の幻想領域として追及。自己幻想・対幻想・共同幻想の軸で解明し、新たな論理的枠組みを提言した「戦後思想の巨人」の代表作。

改訂新版　心的現象論序説
吉本隆明

心がひきおこすさまざまな現象に、適切な理解線をみつけだし、なんとかして統一的に、心の動きをつかまえたい——。言語から共同幻想、そして心的世界へ。著者の根本的思想性と力量とを具体的に示す代表作。

定本　言語にとって美とはなにか（I、II）
吉本隆明

記紀・万葉集をはじめ、鷗外・漱石・折口信夫・サルトルなどの小説作品、詩歌、戯曲、俗謡など膨大な作品を引用して詳細に解説。表現された言語を「指示表出」と「自己表出」の関連でとらえる独創的な言語論。

ビギナーズ　日本の思想
文明論之概略
福澤諭吉
先崎彰容＝訳

福沢諭吉の代表作の1つ。文明の本質を論じ、今、もっとも優先すべき課題は日本国の独立であり、西洋文明を学ぶのもそのためであると説く。確かな考察に基づいた平易で読みやすい現代語訳に解説を付した保存版。

ビギナーズ　日本の思想
三酔人経綸問答
中江兆民
訳・解説／先崎彰容

民主制の理想を説く洋学紳士。大国化を目指し戦争も厭わない豪傑の客。やがて南海先生が口をひらく——。東洋のルソー・中江兆民が自身の学問のすべてを注ぎ込んだ日本政治思想の重要古典を、新訳と解説で読む。